KB134314

Wisdom of Mindfulness 003

법현 스님과 함께하는

법구경

Dhammapada with Dhammupada

읽는 그대로

깨달음의 詩

Wisdom of Mindfulness 003

법현 스님과 함께하는

법구경

Dhammapada with Dhammupada

읽는 그대로

깨달음의 詩

법현 스님 새김

숨

머리말

부처님의 깨달음에 한 걸음 다가서며

오셔요

오셔요

어서 오셔요

당신은 오실 때가 되었어요.

당신은

당신의 오실 때가 언제인지 아십니까?

그것은 나의 기다리는 때입니다.

오셔요

오셔요

어서 오셔요

당신은 오실 때가 되었어요.

만해 스님께서 읊으신 것처럼 이 글 읽으시는 분께서는
부처님의 아름다운 깨달음의 시에 한 발 가까이
오실 때가 되었습니다.

걸으셔요
걸으셔요
어서 걸으셔요
걸으시면 닿게 됩니다.
이 걸음의 종착역인 깨달음이라는 목표 지점
부처님 바로 옆에 앉게 되실 것입니다.

담무빠다(法顯)와 함께 새기는 담마빠다(法句)의 인연은
수없이 오랜 세월 닦으신 분의 공덕바라밀입니다.

부처님께서 일러주신
깨달음의 길은 깊고 어려워
알아내기가 참 어렵습니다.

그렇더라도 원효스님께서 그러신 것처럼
웃으며 밀쳐버리지 않고 조금이나마 쉽게 풀어
성스러운 부처님께 기대어
한 모퉁이를 드러내고자 해봅니다.

바라기는
부처님의 깨닫는 가르침이 더 널리 퍼져
언제나 이어지기를 바랄 뿐입니다.

새겨 읽는 부처님 깨달음의 시를
때로 때때로 새겨 읽어 부처님 가까이 가는
즐거움을 누리시기 맘 깊이 축원 드립니다.

불기 2563년 부처님오신날

담무빠다 법현 두손 모음

차례

셋, 바르게 가는 길에서

넷, 수행자(비구, 바라문)의 길에서

하나,

아라한이 되는 길에서

제1 쌍품(yamakavagga)

제2 부지런품(Appamādavagga)

제3 마음품(cittavagga)

제4 꽃품(pupphavagga)

제5 어리석은 사람품(bālavagga)

제6 슬기로운 사람품(paṇḍitavagga)

제7 아라한품(arahantavagga)

제1 쌍품

yamakavagga

일마다 마음이 먼저 가고 마음이 가장 중요하며

마음으로 이루어진다.

나쁜 맘으로 말하거나 행동하면 괴로움이 따른다.

수레바퀴 쇠발 따르듯. 1게송*

일마다 마음이 먼저 가고 마음이 가장 중요하며

마음으로 이루어진다.

착한 맘으로 말하거나 행동하면 즐거움이 뒤따른다.

그림자가 몸 떠나지 않듯. 2게송

❖

맘, 입, 몸으로 짓는 행위(業)인 생각, 말, 행동 가운데 생각이 앞선다. 마음이 모든 것을 만든다(一切唯心造)는 말은 여기에서 변화된 것이다. 마음이 사물을 만든다는 뜻이 아니다. 일체(一切)는 나의 주관(根)과 객관(境)이라는 뜻이다.

* 게송(偈頌): 운율을 넣어 시처럼 된 문장. 시만 있는 가타(gatha), 문장 뒤에 나오는 게야(geya)를 게(偈)로 음역하고 송(頌)으로 의역했다. 게나 송이나 같은 말이며 붙여도 같다.

나를 꾸짖고, 때리고, 무너뜨리고
내 것을 앗아갔다고
생각하는 이들의
미움은 가라앉지 않는다. 3게송

나를 꾸짖고, 때리고, 무너뜨리고
내 것을 앗아갔다고
생각하지 않는 이들의
미움은 가라앉는다. 4게송

미움은 미움으로 가라앉지 않는다.
그러나 사랑으로 가라앉는다.
이것은 늘 변치 않는 법칙이다. 5게송

다른 이들은 우리가 여기서
미움을 다스려야 한다는 것을 모른다.
그것에 관해 아는 이들은
앎으로 말미암아 싸움이 스러진다. 6게송

가라앉히는 새로운 업을 짓기보다 놓아두는 것이 좋다. 놓아두면 가라앉는다. 그리고 맑은 것만 따로 활용하면 좋다.

아름다운 것 살피는 데에만
감관을 놔두고 살며
음식을 절제하지 못하고
게을러서 정진을 적게 하는 자를
악마가 반드시 정복한다,
약한 나무를 바람이 부러뜨리듯. 7게송

덜 아름다운 것 살피는 데에도
감관을 놔두고 살며
음식을 절제하고
부지런하여 정진을 많이 하는 이를
악마가 절대로 정복하지 못한다,
바람이 돌산을 부수지 못하듯. 8게송

아름다운 생각, 말, 행위를 말하는 것이 아니다. 주로 이성과 재물과 권력, 명예에 관한 것이다. 음식도 현대 사회에서 중요하다. 잘 먹는 것보다 덜 먹는 것이 중요하다.

가사를 수했을지라도

깨끗하지 않고, 절제하지 않고,

진실하지 않은 자

그는 가사 입을 자격이 없다. 9게송

더러움을 버리려 하고

덕행을 잘 갖추었으며

절제하고 진실한 이

그는 가사 입을 자격이 있다. 10게송

가사를 수(垂)한다는 말은 입는 방식에 관한 표현이다. 남방의 대가사를 북방에서는 민족 옷 위에 걸치면서 드리운다. 가사는 기운 옷을 뜻했으나 이제는 불교 수행자의 옷을 가리키며 상징이므로 걸맞는 마음, 입, 몸가짐을 갖춰야 한다.

진실이 아닌 것을 진실이라고 생각하고
진실인 것을 진실이 아니라고
생각하는 자들은
그릇된 생각으로 치달려 진실에 이르지 못한다. 11게송

진실한 것을 진실이라고 생각하고
진실하지 않은 것을 진실이 아니라고
생각하는 이들은
올바른 생각으로 행해서 진실에 이른다. 12게송

토대를 벗어나지 못한다는 말처럼 자신이 속해있는 진영과 민족과 나라와 종교 등의 이해와 함께하여 뒤틀린 사유를 하는 것이 사고(事故)의 원인이다.

엉성하게 이어진 집에

비가 새는 것처럼

닦여지지 않은 마음에

탐욕이 스며든다. 13게송

잘 이어진 집에

비가 새지 못하는 것처럼

잘 닦여진 마음에

탐욕이 스며들지 못한다. 14게송

엉성해 보이는 집일지라도 기와와 짚과 나무에 의해 빗물이 새어들지 못하는 것처럼 꾸준히 갈고 닦으면 마음도 지붕이나 울타리 역할을 한다.

여기서도 한탄하고
저기서도 한탄하며
악행을 저지르는 자는
두 곳 모두에서 한탄한다.
한탄하고 괴로워한다,
자신의 악한 행위를 보고서. 15게송

여기서도 기뻐하고
저기서도 기뻐하며
공덕을 지은 이는
두 곳 모두에서 기뻐한다.
기뻐하고 흐뭇해한다,
자신의 덕행을 보고서. 16게송

여기서도 괴로워하고
저기서도 괴로워하며
악행을 저지르는 자는
두 곳 모두에서

'내가 악행을 저질렀다'라며 괴로워한다.

비참한 세상에 가서

더 크게 괴로워한다. 17게송

여기서도 즐거워하고

저기서도 즐거워하며

공덕을 지은 이는 두 곳 모두에서 즐거워한다.

'내가 공덕을 지었다'하며 즐거워한다.

좋은 세상에 가서

더 크게 즐거워한다. 18게송

이승에서도, 저승(다음 생)에서도 기뻐할 일을 해야 한다. 공덕과 수행이 그것이다.

경전을 수없이 읊는다 해도

게을러서 그에 따라 실천하지 않는다면

소 치는 자가 남의 소를 세는 것과 같아서

수행자의 삶을 사는 자가 아니다. 19게송

경전을 적게 읊는다 해도

진리 안에서 진리에 따라 살고

탐내고, 성내고, 어리석은 마음을 다 버리고

바르게 알아 온전히 자유로운 마음으로

여기든 저기든 집착하지 않으면

수행자의 삶을 사는 사람이다. 20게송

❖

제 몸 안에, 삶 안에 있는 가르침을 읽지 못해 성인이 말씀과 글로 알려주는 것이다.

제2

부지런품

게으르지 않음품. Appamādavagga

부지런함은 죽음이 없는 길

게으름은 죽음의 길

부지런한 이들은 죽지 않고

게으른 자들은 죽은 자와 같다. 21게송

슬기로운 이들은 부지런함의 효율에 관해

명확하게 알고 나서

부지런함을 즐겨

성인들의 경지로 집중한다. 22게송

삶과 죽음의 가름길, 중생과 성인의 갈림길이 게으르고 부지런함에 달려있다.

집중적이고 끈기 있게 늘 정진하는
슬기로운 그들은
묶임에서 벗어나
더할 데 없이 평온한 열반에 이른다. 23게송

애써 노력해 온 마음으로
행위가 맑고 주의 깊게 행동하며
참아내고 법에 따라 사는 이의
이름은 높아간다. 24게송

슬기로운 이는
노력과 부지런함 절제와 단련으로
홍수가 덮치지 못하는
섬을 만들어야 한다. 25게송

어리석고 지혜가 모자란 자들은

게으름에 빠진다.

슬기로운 이는

부지런함을 최고의 보물로 지킨다. 26게송

게으름에도 감각 쾌락을 즐기는 것에도

빠지지 말라.

부지런히 참선하는 이는

반드시 커다란 즐거움을 얻는다. 27게송

낱낱이 쪼개지거나 이리저리 헤매는 맘이 아니라 다 모여서 하나가 된 온 마음(sati)이다. 삶을 지키는 피난섬(dipa: 洲, 燈)이다.

슬기로운 이가 부지런히 게으름을 물리치면

가장 슬기로운 곳에 올라 슬픔에 빠진 사람을

슬픔 없이 본다.

언덕에 올라선 이가 땅에 있는 이들을 바라보듯

슬기로운 이는 어리석은 자들을 바라본다. 28게송

게으른 자들 가운데 부지런한 이.

잠자는 자들 가운데 완전히 깨어난

정말 슬기로운 이는

날랜 말이 힘 빠진 말을 젖히고 가듯 버리고 간다. 29게송

제 실력만 살피면 되는 당구 게임처럼 수행은 제 삶일 뿐이다. 그래도 가끔은 비교하는 것이 과정에 있는 삶이다.

인드라 신은 부지런해서

신 가운데 최고에 이르러서

부지런함을 칭찬하고

게으름은 꾸짖는다. 30게송

인드라넷(인터넷)은 자는 동안에도 쉬지 않고 소통한다.

부지런함을 즐기고

게으름을 두려워하는 비구는

크고 작은 묶음을

다 태워버리는 불처럼 간다. 31게송

부지런함을 즐기고

게으름을 두려워하는 비구는

물러서지 않고

열반에만 가까이한다. 32게송

고지를 알아야 오르거나 말거나 한다. 가까이 있음을 알면 더 부지런히 간다.

제3 마음품

cittavagga

흔들리며 변덕스럽고 지키기 어렵고

제어하기 어려운 마음을

슬기로운 이는 곧게 만든다,

화살 만드는 이가 만들듯이. 33게송

불로 휘거나 손으로 다듬어 쓰기 좋은 활로 만든다. 쏜 화살은 과녁을 맞히는 것이 제 몫을 하는 것이다. 마음화살은 닙바나(Nibbana, 열반)가 과녁이다.

물에서 끄집어 올려져

마른 땅에 던져진 물고기처럼

이 마음은 퍼덕거린다.

악마의 지배에서 벗어나려고. 34게송

지배에서 벗어나려고 퍼덕거리면 얼마나 좋겠나. 생각 없이 그저 떠돌다가 퍼덕거려 문제다.

길들이기 어렵고, 재빠르며,

바라는 곳 어디든지 내려앉는

마음을 다스림은 훌륭한 것이다.

다스린 마음은 행복을 불러온다. 35게송

보기가 참 어렵고,

바라는 곳 어디나 내려앉는

마음을 슬기로운 이는 지켜야 한다.

지켜진 마음은 행복을 불러온다. 36게송

알기 어렵고, 가만히 있지 않아서 더 자극시킨다는 사람이 있다. 정말 그런가? 영금을 보지 못해서 그렇지.

멀리 가고, 홀로 다니며,

틀도 없고, 동굴에서 사는

마음을 다스린 이들은

악마의 묶임으로부터 벗어날 것이다. 37게송

경험 많은 수행자는 환경이 절로 좋아지지만 초기 수행자는 좋은 환경을 가져야만 한다.

마음이 안정되지 않고,

참된 가르침을 알지 못하며,

믿음이 흔들리는 자의 슬기는

완성되지 않는다. 38게송

로드맵을 가지면 가고 싶은 곳을 갈 수 있듯이 마음을 닦으면 슬기가 완성된다는 굳센 믿음이 있어야 한다.

마음에 번뇌가 없고,

마음에 흔들림이 없으며,

선과 악을 버린 부지런한 이에게

두려움은 없다. 39게송

어린 아이나 강아지를 안고 감으로써 얻는 평안함은 끝까지 가는 지속적인 것이 아니다.

이 몸은 물항아리와 같이 알고.

이 마음을 요새처럼 만들어

슬기를 무기로 삼아 악마와 싸우고.

정복한 것을 지키되 집착해서는 안 된다. 40게송

물항아리는 깨지기 쉽다. 믿고 의지할 것이 아니다. 그래도 마음이라는 물을 담는 그릇이다.

참으로 머지않아 이 몸은

땅에 누울 것이다.

의식을 잃고 내버려져

쓸모없는 나무토막처럼. 41게송

살아있는 동안 나무토막이 되면 선정삼매에 든 것이다. 여기서는 죽는다는 뜻이다.

적, 원수가 그의 적, 원수에게 할 수 있는

그 어떤 것보다

나쁘게 먹은 마음이

그것보다 더 나쁘게 그에게 할 수 있다. 42게송

어머니와 아버지, 친척들마저도

할 수 없는 것을

좋게 먹은 마음이 그것보다 더 좋게

그에게 할 수 있다. 43게송

원수보다, 적보다 더 나쁜 것이 제 마음일 수 있다. 친구보다. 가족보다 더 좋게 할 수도 있다.

제4

꽃품

pupphavagga

누가 이 땅을 다스릴 것인가

땅 밑 세계와 하늘 위 세계를.

누가 잘 설해진 가르침

솜씨 있는 이가 꽃 따듯 딸 것인가? 44게송

수행자가 이 땅을

땅 밑 세계와 하늘 위 세계를 다스리고

잘 설해진 가르침

솜씨 있는 이가 꽃 따듯 딸 것이다. 45게송

연꽃 따서 여러 가지로 쓰듯, 다 써도 새해 새 꽃이 피어나듯.

이 몸을 거품과 같은 것으로 알고

실체가 없는 성질이라는 것을 완전히 깨달아

악마의 꽃들을 없애고

죽음의 왕 눈길을 벗어난 곳에 가야 한다. 46게송

어차피 죽을 것이지만 다시 밀려 태어나지 않을 삶이어야 한다.

집착하는 마음으로 꽃들을 따고 있는 사람을

죽음이 붙잡아간다.

잠들어 있는 마을을

거대한 홍수가 휩쓸어 가듯이. 47게송

집착하는 마음으로

꽃들을 따고 있는

감각 욕망에 만족할 줄 모르는 사람을

죽음이 잡아간다. 48게송

꽃향기를 훔쳐도 도둑인 것처럼 수행하는 이는 작은 것도 주의해야 한다.

벌이 꽃, 색과 향기를 건드리지 않고
꿀만 가지고 떠나는 것처럼
성자는 그렇게 마을에서 다녀야 한다. 49게송

물같이 바람같이 살다가 가라 하네.

다른 사람의 잘못이나
한 일과 하지 않은 일을 살피지 말고
내 한 일과 하지 않은 일을
살펴야 한다. 50게송

남의 소를 세면서 부러워하는 것이나 남 잘못 살피는 것이나 마찬가지.

아름다울지라도 향기가 없는 꽃처럼

잘 다듬어졌을지라도

실천하지 않는 이의 말은

열매가 없다. 51게송

아름답고도 향기로운 꽃처럼

잘 다듬어지고

실천하는 이의 말은

열매가 있다. 52게송

꽃이 피었어도 열매 맺지 않는 것은 제 몫을 다한 것이 아니다. 깨달음을 얻은 사람은 반드시 가르치는데 힘쓰게 된다.

꽃더미에서 다발들을 만들듯이

사람으로 태어난 이는

선업을 많이 지어야 한다. 53게송

저 언덕으로 건네주는 배, 다리처럼 선업은 좋게 작용한다.

꽃향기는 바람을 거슬러가지 못한다.

백단이나 따가라, 재스민 향기도 그렇다.

참사람의 향기는 바람을 거슬러간다.

참사람은 모든 방향으로 퍼트린다. 54게송

백단이나 따가라, 수련이나 재스민

이런 향기들 가운데

계덕(戒德)의 향기가 가장 뛰어나다. 55게송

따가라와 백단이 지닌 향기는

적은 양이다.

계덕을 갖춘 향기는

가장 훌륭해서 신들에게까지 퍼진다. 56게송

사람의 향기는 만리를 더 간다. 스펙 쌓기에 몰두하는 젊은이에게 윤리의 향이 가장 좋은 스펙이다.

계덕을 갖추고

게으르지 않게 살며,

온전한 슬기로 벗어난 이들의 길을

악마는 찾지 못한다. 57게송

그저 살다가 죽어 또 태어나는 것이 아니라 괴로운 삶을 받지 않는다.
그렇게 하고 싶으면 닦아야 한다.

큰길가에 버려진 쓰레기들 속에서도

향기롭고 아름다운 연꽃이 피듯이. 58게송

쓰레기처럼 눈 먼 사람들 속에서도

온전하게 깨달은 분의 제자는 슬기로 밝게 빛난다. 59게송

주머니 속의 송곳이 바로 삐져나오듯 밝게 빛나는 수행의 향기.

제5

어리석은 사람품

bālavagga

잠 못 드는 이에게 밤은 길고,

지친 이에게는 가까운 거리도 멀듯이,

바른 진리를 모르는 이에게

윤회는 매우 길다. 60게송

눈 감은 이가 위험한 것처럼 갈 길도 멀고 험하다. 그는 자꾸 태어나 어려운 길을 갈 수밖에 없다.

인생의 길에

나보다 낫거나 같은 사람 찾지 못하거든

홀로 가라.

어리석은 이와 사귈 것 없다. 61게송

사귐이 아닌 교화를 위해서는 낮은 수준도 만나야 한다.

내 아들, 내 재산이라고 생각하니
어리석은 자는 괴로워한다.
자신도 자기 것이 아닌데
아들이며 재산이 자기 것이냐? 62게송

그럼에도 불구하고 탁 놓는 것이 어려우니 중생이다.

어리석은 자가 어리석다고 알면
그로부터 그는 슬기로운 이가 된다.
어리석은 자가 슬기롭다고 알면
그는 참으로 어리석은 자라고 불린다. 63게송

모르면 모른다, 알면 안다 하는 것이 제대로 아는 것이다.

어리석은 사람은

어진 사람을 한평생 가까이 모셔도

진리를 알지 못한다.

숟가락이 국 맛을 모르듯이. 64게송

슬기로운 사람은

어진 이를 잠깐만 가까이 모셔도

진리를 빠르게 이해한다.

혀가 국 맛을 알듯이. 65게송

스승에게 학습하고 말이나 글이나 행동으로 지도받아야 가르침을 받았다고 말한다. 채찍 맞고도 뛰지 않는 말이 있고, 채찍 그림자만 보고도 달리는 말이 있다. 그것은 짐승의 경우이고, 사람은 쳐다만 보고도 깨닫는다(觸目菩提, 目擊道尊).

슬기가 모자란 어리석은 자들은

그들 자신에게 원수처럼 대한다.

심한 결과를 가져오는

나쁜 행동을 하면서. 66게송

나쁘고 좋은 기준은 진리를 깨닫는데 도움이 되느냐, 그렇지 않느냐에 둔다.
도움이 되면 좋고, 착하다 한다. 도움이 되지 않으면 나쁘고, 악하다 한다.

하고 나서 뉘우치고
우는 열매를 맺는
그런 행동은 잘한 것이 아니다. 67게송

하고 나서 뉘우치지 않고
기쁘고 행복한 열매를 맺는
그런 행동은 잘한 것이다. 68게송

제 맘껏 살라는 말을 오해하면 여럿이 손해다. 남에게 피해가 가거나 제 공부에 방해되면 안 된다.

어리석은 자는 꿀같이 여기네,
악이 여물기까지는.
악이 여물 그때
어리석은 자는 괴로움을 겪는다. 69게송

어리석은 이들은 풀잎 끝으로
다달이 음식을 먹는다 해도
진리를 이해한 분들의
16분의 1에도 미치지 못한다. 70게송

우유가 곧 굳어지지 않는 것처럼
나쁜 행도 바로 나타나지 않는다.
이글거리면서 어리석은 자를 좇는다,
잿더미 속에 감춰진 불처럼. 71게송

어리석은 자에게는

해로움을 위한 꾀만 생긴다.

그것은 어리석은 자의

행운을 파괴하고 머리를 부순다. 72게송

불씨 하나가 모두를 태워버리듯 어리석은 꾀는 행운마저 다 태운다.

비구들 가운데에서 지배를
처소에서 권위를
다른 집에서는 공경을 바라는
어울리지 않는 평판을 열망한다. 73게송

재가자나 출가자 모두
오직 내가 한 것이라고 생각하기를.
해야 할 일과 말아야 할 일들도
나만을 따르기를.
이것이 어리석은 자의 생각,
그의 욕망과 자만은 늘어만 간다. 74게송

❖

어울리는 평판마저도 바라지 말라 하거늘 어울리지도 않는데 제 덕이라 생각하는 이에게 괴로움이 닥친다. 높은 자리에 있을 때 제 덕이 아니라 자리 덕이라 생각하면 좋은 일이 생긴다.

하나는 이득의 수단이고

다른 하나는 열반에 이르는 길이다.

붓다의 제자인 비구는 이것을 잘 알고서,

명성을 즐거워하지 말고 고요함을 닦으라. 75게송

오로지 열반 곧 깨달음만을 향해 쉬지 않고 정진하라.

제6
슬기로운 사람품

paṇḍitavagga

보물을 알려주는 이처럼

잘못을 지적해주고 꾸짖는 이를 본다면

그 슬기로운 사람과 가까이하라.

그런 이와 가까이하면

더 좋아지지 나빠지지는 않으리라. 76게송

충고하고 일러줘라

천박한 행실을 막아라.

그런 이는 착한 이에게는 사랑스러워도

나쁜 이에게는 사랑스럽지 않다. 77게송

꾸짖고 충고하는 이를 좋아하라, 꾸짖고 충고하는 이가 되어라. 다만, 억지로 가르쳐주지 말고 그가 그렇게 느끼도록 하라.

나쁜 벗과 사귀지 마라.

낮은 벗과 사귀지 마라.

좋은 벗과 사귀어라.

가장 뛰어난 벗과 사귀어라. 78게송

공부, 수행은 자기보다 나은 사람을 통해 할 수 있다. 찾는 눈을 길러 누구에게서나 뛰어남을 발견하는 사람은 이미 높은 사람이다.

가르침을 마시는 사람은

고요한 마음으로 행복하게 산다.

슬기로운 사람은

거룩한 분이 설하신 가르침 안에서 늘 기뻐한다. 79게송

강렬한 힘이 있게 느껴지는 것은 가르침이라 하더라도 오래하지 못한다. 그저 밥 먹고 물 마시듯이 질리지 않은 고요함이 오래 간다.

물 다스리는 이는 물길을 이끌고

활 만드는 이는 화살대를 곧게 하고

목수는 나무를 구부리고

슬기로운 이는 스스로를 다스린다. 80게송

마음 다스리는 목수가 가장 나은 기술자이다.

단단한 바위가 바람에 움직이지 않듯

슬기로운 사람은

칭찬, 비난에 흔들리지 않는다. 81게송

깊은 호수가 맑고 고요하듯

슬기로운 사람은

가르침을 듣고 고요해진다. 82게송

비난보다도 더 깊이 주의하고 느껴야 할 것이 칭찬이다.

착한 사람은 모든 것을 놓아버린다.
덕 높은 이는 쾌락에 관한 갈망으로
쓸데없는 말 하지 않는다.
행복, 괴로움을 만나도
슬기로운 사람은 높낮이를 보지 않는다. 83게송

스스로를 위해서도 남을 위해서도
자식도, 재산도, 왕국도 바라지 마라.
가르침이 아닌 것으로 영달을 바라지 마라.
그러면 계, 슬기, 가르침을 갖춘 이다. 84게송

영달을 바라는 것 자체가 문제이지만 법다운 길이 아닌 것으로 바라는 것은 더 큰 문제다. 수행자는 오로지 바른 것으로만 가야 한다.

사람 가운데 저 언덕으로

가는 이는 드물다.

그러나 다른 사람들은

이 언덕에서 헤맨다. 85게송

잘 설해진 가르침 속에서

가르침 따라 사는 이들은

건너기 어려운 죽음의 영역을 건너

저 언덕에 이른다. 86게송

이승에서도 뚝 떨어진 열반의 세계처럼 늘 내가 있고 행복하면 얼마나 좋은가? 그것을 바라면서 수행하는 이는 언젠가 그렇게 된다. 시간을 앞당기는 것은 온 마음으로 행한 부지런함에 의해서다.

슬기로운 이는 어둠을 버리고
밝음을 닦아야 한다.
집에서 집 없는 곳으로 나와
즐기기 어려운 고요한 곳에서
기쁨을 찾아야 한다. 87게송

감각 쾌락을 버리고
아무것도 갖지 않은 슬기로운 사람은
번뇌로부터 스스로를 깨끗이해야 한다. 88게송

그의 마음이 깨달음의 요소로 바르게 닦이고
붙잡음 없이 놓아버림을 기뻐하는 빛나는 사람들
번뇌를 부순 그들은
이 세상에서 열반을 얻는다. 89게송

밝음, 맑음, 고요함, 슬기로움, 자비로움은 같은 뜻 다른 말이다.

돌아다님을 끝내고 슬픔에서 벗어나고
모든 묶임에서 벗어나고
묶임들이 없는 이에게
번뇌는 존재하지 않는다. 90게송

온 마음인 사람은 정진하여
머무를 곳에 집착하지 않는다.
백조들이 호수를 떠나듯이
집과 집들을 떠난다. 91게송

윤회에 묶이게 하는 집착의 집에서 벗어나야 한다.

제7 아라한품

arahantavagga

모아 쌓는 것이 없고, 먹거리를 꿰뚫어 알며,

비어있고 자취마저 없어,

벗어나려고 돌아다니는 이들은

새들처럼 그들의 간 곳을 알기 어렵다. 92게송

번뇌가 스러졌고

먹거리에 붙들리지 않으며

벗어나려고 돌아다니는 이들은

새들처럼 그들의 간 곳을 알기 어렵다. 93게송

길 없는 허공을 날아서 가고자 하는 곳으로 가는 새들을 날아보지 않은 사람이 어찌 찾아갈 수 있겠는가. 누리에서 뚝 떨어진 곳에 있는 열반을 누리사람들이 어떻게 알겠는가?

조련사에 의해 길들여진 말처럼
감각 기관이 고요해지고 교만이 부서지고
번뇌에서 벗어난 사람
신들도 그를 부러워한다. 94게송

❖

사람보다 높아 즐거운 신들이 가장 부러워하는 이가 벗어난 사람이다.

대적하지 않는 땅처럼 잘 수련하여
인드라 기둥 같고, 뻘 없는 호수 같은
그 사람에게
돌고 도는 삶은 없다. 95게송

바르게 알아 벗어나고 평온한
그런 이의 마음은 고요하고
말과 행동도 고요하다. 96게송

❖

그저 고요함. 그것이 정말 바라는 바여야 한다.

믿음이 없고 만들어지지 않은 것을 아는 이

고리를 끊은 이

기회를 부순 이

모든 바람을 버린 이

그는 참으로 가장 높은 이다. 97게송

만들어지지 않아 뚝 떨어진 곳에 있는 열반을 얻은 이. 열반한 이야말로 가장 높은 곳에 있는 이다.

마을이든 숲이든
골짜기든 너른 터이든
아라한들이 머무는 그곳은 즐겁다. 98게송

숲은 즐거워도
사람들은 즐거워하지 않고
바람이 없는 이들은 즐거워한다,
느낌의 즐거움을 찾지 않기에. 99게송

수행자의 즐거움은 느낌의 즐거움이 아니다. 느낌의 즐거움은 오래 가지 않으므로 괴로움을 부른다.

둘,

붓다가 되는 길에서

제8 일천품(sahassavagga)

제9 악품(pāpavagga)

제10 폭력품(daṇḍavagga)

제11 늙음품(jarāvagga)

제12 자기품(attavagga)

제13 세상품(Lokavagga)

제14 붓다품(buddhavagga)

제15 행복품(sukhavagga)

제8
일천품

sahassavagga

천 마디의 말이라도
뜻이 없는 것보다
들으면 마음이 평온해지는
뜻있는 한 마디 말이 더 낫다. 100게송

천수의 시들도
뜻이 없는 것이라면
들어서 마음이 평온해지는
뜻있는 한 마디 말이 더 낫다. 101게송

백수의 시들도
뜻이 없는 것이라면
들어서 마음이 평온해지는
한 마디 진리의 말씀이 더 낫다. 102게송

❖

진리의 말씀이 아니라도 그 말을 듣고 진리의 말씀으로 소화시켜주는 사람 앞에 선 사람은 행복하다.

천의 천 배나 되는

사람들을 싸워서 이기기보다

제 스스로를 이기는 것이

싸움에서 참 이긴 자이다. 103게송

다른 사람을 이기는 것보다

스스로를 이기는 것이 정말 더 낫다

스스로를 다스리고,

늘 다스리면서 살아가는 사람이다. 104게송

하늘, 건달바, 마귀,

브라만 신들도

그의 이김을 짐으로

만들 수 없다. 105게송

나라고 할 것도, 내 것이라 할 만한 것도 없는 이에게 남이 있을 것인가?

다달이 천(금)으로
백 년 동안 제사를 지낼지라도
마음을 잘 다스린 분께 공양한다면
그것이 백 년의 제사보다 낫다. 106게송

백 년 동안 불을 섬기는 것보다
마음을 잘 다스린 분께
잠시라도 공양 올리면
그것이 백 년의 섬김보다 낫다. 107게송

공양 올리며 닮아야 한다. 본받아야 한다.

공덕을 지으려는 사람은

어떤 공양물이라도 들여서

일 년 내내라도 바칠 것이다.

그러나 바로 걷는 분께 드리는

공양공덕의 반의 반도 미치지 못한다. 108게송

예경을 생활화하고

어른을 공경하는 사람에게

목숨, 아름다움, 행복,

힘이 늘어난다. 109게송

공경하고 공양하는 사람에게 복이 돌아간다.

계행과 선정이 없는

백 년의 삶보다

계행과 선정이 있는

하루가 더 낫다. 110게송

슬기와 선정을 닦지 않는

백 년보다

슬기와 선정을 닦는

하루가 더 낫다. 111게송

선정삼매를 닦는 것은 제 안의 힘을 집중시키는데 꼭 필요하다. 집중이 완성되면 그저 바라보기만 해도 좋다. 보인다.

게으르고 정진하지 않는

백 년보다

부지런하고 정진하는

하루가 더 낫다. 112게송

일어남과 스러짐을 알지 못하는

백 년보다

일어남과 스러짐을 아는

하루가 더 낫다. 113게송

새기며 정진해서 맘, 입, 몸에서 일어나는 것, 스러지는 것을 보라.

나지 않음의 길을 보지 못하는
백 년보다
나지 않음의 길을 보는
하루가 더 낫다. 114게송

가장 높은 진리를 보지 못하는
백 년보다
가장 높은 진리를 보는
하루가 더 낫다. 115게송

가장 높은 진리는 나지 않음의 길이다.

제9 악품

pāpavagga

서둘러 착하게 살아라
나쁨과는 멀리 지내라
공덕 짓기에 게으르면
어느덧 나쁨과 벗 삼아 지낸다. 116게송

끼리끼리의 법칙이 여기에도 적용된다. 끼리끼리는 반드시 좋은 것, 같은 것 끼리만을 뜻하지는 않는다. 어울린 것을 '끼리'라고 부르는 것이다.

나쁜 짓을 했더라도
되풀이하지 마라.
그것에 마음을 두지 마라.
악행이 쌓이면 괴롭다. 117게송

착한 일을 했으면
되풀이해서 해라.
그것에 마음을 두어라.
선행이 쌓이면 즐겁다. 118게송

부처님들은 모두 하시는 같은 말씀. 나쁜 일은 하나도 하지 말고, 착한 일은 하나도 빼지 말라. 그리고 마음을 맑혀라.

악이 익기 전에는

악한 자도 행복을 누린다.

악이 익으면

불행한 결과를 겪는다. 119게송

선이 익기 전에는

착한 이도 괴로움을 겪는다.

선이 익으면

행복한 결과를 겪는다. 120게송

모든 가르침이 좋다 보니 시간에 관한 생각을 잊기 십상이다. 시간을 개입시키지 않으면 실행되지 않는다.

내게 오지 않을 것이라 생각해

악을 가벼이 여기지 말라.

방울물이 떨어져 항아리에 가득 차듯이

어리석은 자는

조금씩 조금씩 악을 쌓아

자신을 가득 채운다. 121게송

내게 오지 않을 것이라 생각해

선을 가벼이 여기지 말라.

방울물이 떨어져 항아리에 가득 차듯이

슬기로운 이는

조금씩 조금씩 선을 쌓아

자신을 가득 채운다. 122게송

나쁜 것도, 좋은 것도 나와 관계없다면 마음에 두지 않게 된다.

사람들을 적게 거느린 부자 상인이

위험한 길을 비켜가듯

살기를 바라는 사람이

독을 피하듯이

악을 피해야 한다. 123게송

손에 상처가 없으면

손으로 독을 만질 수 있다.

상처 없는 이에게는 독이 미치지 못하듯

악을 짓지 않는 이에게

불행은 없다. 124게송

윤회 속으로 이끌어가는 것보다 더한 악은 없다. 끌려들어가지 않고 스스로 다가간 것은 다르다.

티 없이 깨끗하고 해침이 없는 사람에게
해를 주는 사람
불행은 어리석은 그에게 돌아간다,
바람을 거슬러 던져진 작은 먼지처럼. 125게송

몸으로는 말할 것도 없고, 입으로도 말할 것 없으며, 마음으로도 하지 말아야 할 것이 훌륭한 분을 헐어내는 일이다. 세상 말로 헐어내는 일이다. 되돌아 자기를 허는 결과가 된다.

어떤 사람은 모태에 들어가고
악을 행한 자는 지옥에 태어나며
선을 행한 이는 천상에 가고
번뇌가 없는 이는 열반한다. 126게송

모태나 지옥이나 큰 차이 없다. 벗어나야 한다. 벗어난 곳이 있음을 알아야 벗어난다.

공중에도, 바다에도, 동굴에도

악업에서

벗어날 수 있는 곳은 없다.

이 세상에 그런 곳은 없다. 127게송

공중에도, 바다에도, 동굴에도

죽음에서

벗어날 수 있는 곳은 없다.

이 세상에 그런 곳은 없다. 128게송

단, 열반의 세계는 그렇게 생겼다. 이 세상이 아니다. 이 마음의 누리가 아니다.

제10 폭력품

dandavagga

누구나 폭력을 두려워하고
모두들 죽음을 무서워한다.
다른 이를 자기처럼 생각해보고
죽이지도, 죽게 하지도 말라. 129게송

누구에게나 폭력은 두렵고
누구에게나 목숨은 사랑스럽다.
다른 이를 자기처럼 생각해보고
죽이지도, 죽게 하지도 말라. 130게송

스스로의 행복을 추구하면서
행복하기를 바라는 존재들을
폭력으로 해치는 사람은
죽은 뒤 행복을 얻지 못한다. 131게송

스스로의 행복을 추구하면서
행복하기를 바라는 존재들을
폭력으로 해치지 않는 사람은
죽은 뒤 행복을 얻는다. 132게송

가장 약한 이가 남을 때리는 자이다.

누구에게도 거칠게 말하지 말라.

들은 이들이 그대에게 되돌려줄 것이다.

거친 말은 참으로 괴롭다.

너에게 앙갚음이 갈 지도 모른다. 133게송

거친 말을 하고 나면 마음부터 좋지 않다.

깨진 청동 징처럼

스스로를 흔들지 않으면

그대는 열반한 것이다.

그대에게 다툼이란 없다. 134게송

다른 사람이 흔드는 것 같아도 스스로 흔드는 것이다.

소 치는 사람이 막대기로

소들을 풀밭으로 몰아가듯

늙음과 죽음은

살아있는 존재들의 목숨을 몰아간다. 135게송

나쁜 행동을 하면서도

어리석은 자는 깨닫지 못한다.

어리석은 자는 제 행위 때문에

불에 타듯 괴로워한다. 136게송

걱정보다는 자연스러운 현상으로 받아들이되 두 번째로 늙지 않도록, 두 번째로 죽지 않도록 해야 한다. 그러려면 태어나지 않아야 한다. 어리석음이 가장 나쁜 행위다.

때리지 않고 해침이 없는 이를
폭력으로 해치는 자는
열 가지 가운데 하나를 곧 겪는다. 137게송

심한 고통,
가난, 몸 다침,
깊은 병과
마음의 혼란 138게송

왕으로부터의 핍박
지독한 모략
친족의 상실
재산의 손실에 이를 것이다. 139게송

게다가 센 불이 그의 집을 태우고
어리석은 자는 몸이 흩어진 뒤
지옥에 떨어질 것이다. 140게송

꽃으로도, 말로도, 마음으로도 때리지 말아야 한다.

맨몸도, 자르지 않은 긴 머리도,

흙 묻은 몸도, 단식도, 맨땅에 눕기도,

재와 땀도, 구부린 고행도

의혹을 해결하지 못한 사람을 맑게 하지는 못한다. 141게송

붓다께서는 오늘날 사람들처럼 아침, 저녁으로 또 잠들기 전에 샤워하는 것처럼 자주 목욕할 수가 없었다. 그런데도 몸에서는 향내가 났다고 한다. 부처님 처소를 향실(香室, gandhakuṭi)이라 한다.

좋은 옷을 입었더라도 고요함을 닦고

평온하고 절제하고 성스럽게 살고

모든 존재들에 대해 폭력을 버렸다면

바라문 사문 비구이다. 142게송

헤져서 기운 옷을 입어야만 수행자가 아니라는 말이다. 옷에다 음식을 쏟아부은 스님 이야기처럼 옷이 인격을 나타내는 것은 더욱 아니다.

야단맞지 않으면서
채찍을 아는 좋은 말처럼
부끄러워 삼가는 사람
삼가는 사람 있는가? 143게송

채찍 맞은 좋은 말처럼
열심히 노력하고 성의를 다하라.
믿음과 지킴과 노력에 의해,
집중과 통찰에 의해, 깊어진 숙고에 의해,
큰 괴로움에서 벗어날 것이다. 144게송

❖

채찍의 효과는 달리게 하는 데 있으며, 가르침과 꾸중의 효과는 정진을 해서 깨달음을 얻는 데 있다.

물 다스리는 이는 물을 대고
화살 만드는 이는 화살대를 바르게 하며
목수는 나무를 다루고
어진 이는 스스로를 다스린다. 145게송

스스로를 다스리는 것이 가장 나은 것이고, 바른 것이다.

제11 늙음품

jarāvagga

언제나 불길에 싸여있으면서

무엇이 우습고 즐거운가?

어둠에 덮여있으면서

빛을 찾지 않는가? 146게송

꾸며진 형상, 상처투성, 덩어리

오래 가지도,

단단하지도 않은

병든 번뇌 덩어리를 보라. 147게송

이 몸은 낡아지고, 질병의 둥지이며

부서지기 쉽다.

썩은 몸은 스러지고

태어난 것은 반드시 죽어 끝난다. 148게송

태어난 존재는 죽어가고, 모여진 것들은 헤어지고, 이뤄진 것들은 스러진다. 살펴서 알아야 한다. 느껴야 한다.

가을에 버려진

호박들 같은 잿빛 뼈들

이들을 보고

어찌 기뻐하랴. 149게송

뼈들로 만들어지고.

살과 피로 발라진 성채.

거기에는 늙음과 죽음,

자만과 위선이 들어있다. 150게송

뚝 떨어져 있는 열반이 아니라면 변화무쌍한 것이다. 행복, 지속 가능한 행복과는 거리가 먼 것이다.

잘 꾸며진 왕의 수레도 낡아가듯
이 몸 또한 늙어간다.
하지만 참된 이의 가르침은 낡지 않나니
참된 이들이 참된 이들에게 전하기 때문이다. 151게송

무엇을 남길 것인가를 시사하는 가르침이다.

배움이 적은 사람은
소처럼 늙어
살은 쪄도
슬기는 찌지 않는다. 152게송

"이 향기를 쐬면 아픈 곳이 낫습니다. 하지만 하나만은 예외입니다. 머리와 마음까지 좋아지지는 않습니다"라고 안내하는 어느 절의 이야기가 생각난다.

집 짓는 자를 찾았지만

찾지 못해서

많은 생을 돌며 살았다.

나고 또 나는 것은 괴롭다. 153게송

집 짓는 자여, 그대는 보였기에

다시는 집 짓지 못하리라.

기둥들은 부러졌고, 지붕은 무너졌다.

조건 지어진 것이 제거된 마음은

갈애(渴愛)의 끝 열반에 이르렀다. 154게송

❖

변하며 그대로 있지 못하는 집, 행복하지 않고 괴로운 집, 나라고 내 것이라고 해보고 싶었는데 그러지도 못하고 그래도 그렇지 않은 집 짓는 자를 드디어 보았다고 붓다는 외쳤다. '나는 깨달았다. 나는 부처이다. 나는 지속 가능한 행복인 열반을 얻었다'고.

청정하게 살지도 않고
젊은 시절 재산도 모으지 못한 자들
고기 없는 못가의 늙은 백로처럼
쇠약해갈 것이다. 155게송

청정하게 살지도 않고
젊은 시절 재산도 모으지 못한 자들
지난날을 슬퍼하며
시위를 벗어난 화살처럼 누워있다. 156게송

죽을 때까지 이어지는 부유함, 내생까지도 이어지는 부유함. 그것은 부지런히 정진해서 얻는 것이다.

제 12
자기품

attavagga

스스로 사랑스럽다 안다면
잘 지켜야 한다.
슬기로운 이는 밤 세때 가운데 한 때는
깨어있어야 한다. 157게송

깨어 마음 닦는 이, 수행 정진하는 이가 되면 행복하다.

저 먼저 바르게 세우고
다른 사람 가르치는 이는
비난을 받지 않는
슬기로운 사람이다. 158게송

남에게 가르친 대로 스스로 해야
잘 다스릴 수 있다네
스스로를 다스리긴
참으로 어렵기에. 159게송

남에게 상담 잘 해주고, 잘 알려주고, 잘 코치해주는 사람도 자기에게는 헤매는 사람들이 많다. 남에게 잘 가르쳐준 것처럼 자기에게도 하면 된다.

자기야말로 참으로 자기의 의지처이니

어디 다른 의지처가 있으랴?

참으로 잘 다스려진 자기야말로

얻기 어려운 의지처네. 160게송

참으로 쉽지 않지만 시작해서 익숙해지면 참으로 쉬운 것이다.

악은 참으로 스스로 행해서

제게서 생겨나고 비롯된다.

금강석이 돌보석을 부수듯이

어리석은 자를 부순다. 161게송

금강(金剛)이라는 말은 인도어 바즈라(Vajra)가 본말이다. 다이아몬드라는 금강으로도 옮기고, 벼락(Lightning)으로도 옮길 수 있는 말이다. 어떤 것보다 단단하고 빛난다는 금강. 어떤 나쁜 것(번뇌)도 부숴버리는 에너지가 있는 벼락(霹靂)이라는 뜻을 지니고 있다.

계행이 퍽 부족한 사람은

덩굴들이 사라나무를 휘감듯이

스스로에게 그리하네.

원수가 그에게 바라듯이. 162게송

계율을 지키는 것은 자기를 위하는 것이다. 요즘 시대에는 최고의 스펙이라 할 수 있다. 조금 능력이 있는데 좋지 않은 인격을 가진 사람과 조금 능력은 떨어지지만 품성이 좋은 사람 가운데 누구를 고르겠는가?

나쁘고 스스로에게 해로운 일

하기 쉽고.

이로우며 좋은 일은

하기 어렵다. 163게송

지키는 이 없어도 들어가지 않고, 지키는 이 많아도 들어가려고 하는 곳이 괴롬나라(地獄)라는 말이 있다.

그릇된 견해 때문에

법답게 사는 아라한 성인들의

가르침을 비난하는 사람은

갈대의 열매처럼 자멸하는 쪽으로 익어간다. 164게송

깨끗한 거울과 잔잔한 호수에 찡그린 얼굴을 비추면 그대로 나온다.
때 있는 거울과 출렁거리는 호수에 비추면 찡그리지 않게도 보인다.
갈대가 열매를 맺고 나면 말라버린다.

스스로 악행하고 제 스스로 더러워진다.

스스로 선행하고 제 스스로 깨끗해진다.

깨끗하고 더러운 것은 제 몫이지

남이 남을 깨끗하게 할 수 없다. 165게송

잘 나고 더러운 자 있고, 못 나고 맑은 이 있다.

아무리 대단해도

남의 일로 자기 일을 소홀히 하지 말라.

자기 일을 바로 알고

자기 일에 전념하라. 166게송

수행하는 일은 자기 일이다. 재물, 명예에 쏠리는 것이 남의 일이다.

제 13
세상품

Lokavagga

질 낮은 가르침을 따라서
게으르게 살지 마라.
그릇된 견해를 품어서
세상을 받아들이지 마라. 167게송

세상 자체가 괴로움이다. 세상에 사는 것이 중생이다. 세상을 받아들이는 것이 바로 윤회하여 중생으로 사는 것이다.

일어나라. 게으르지 마라.
바르게 살아라.
바르게 사는 이는
이승에서도 저승에서도 편히 잔다. 168게송

바르게 살아라.
그릇되게 살지 마라.
바르게 사는 이는
이승에서도 저승에서도 편히 잔다. 169게송

부지런하고 바르게 사는 것이 가장 좋은 삶이다.

거품으로 보라. 신기루로 보라.

이렇게 세상을 보는 이를

죽음의 왕은

찾아내지 못한다. 170게송

세상을 더러운 것으로 보면 빠지지 않고 벗어나게 된다. 그것이 죽지 않는 길이다. 벗어났으면 태어나지 않으니 죽지도 않는다.

왕의 수레처럼 아름다운

세상을 보라.

어리석은 자들은 거기에 빠져들지만

슬기로운 이들은 집착하지 않는다. 171게송

참 아름다움은 지속되는 것이다. 왕의 수레는 꾸며놓아도 싸움에 지면 수레에 오르지도 못한다.

이전에 게을렀더라도

뒤에 게으르지 않는 이

그는 구름을 벗어난 달처럼

이 세상을 비춘다. 172게송

저지른 나쁜 행위를

좋은 행위로 덮어버린

구름을 벗어난 달처럼

그는 이 세상을 비춘다. 173게송

지나간 나쁜 일은 반성하는 데에만 써야 한다.

이 세상은 어둡고
몇 명만이 여기에서 뚜렷하게 본다.
그물을 벗어난 새처럼
몇 명만이 하늘에 태어난다. 174게송

숫자 몇 명이 아니라 뚜렷하게 보아 그물 벗어나는 새처럼 사는 모두를 뜻한다.

백조들은 태양의 길을
초자연적인 힘으로 가듯
슬기로운 이들은 악마와 그 군대를 물리치고
이 세상을 벗어난다. 175게송

존재(我)하는 것들은 중생이다. 사람(人)은 중생이다. 중생(衆生)은 어리석다. 목숨(壽) 있으면 중생이다. 이 넷은 다른 이름, 같은 뜻이다.

최고의 진리를 어기고

거짓말하며

저 세상을 포기한 사람이

못할 악행은 없다. 176게송

거짓말을 쉽게 하는 사람에게 좋은 세상이 주어질 리 없다. 선의로 거짓말하다가 버릇된다.

인색한 자들은 신들의 세계에 나지 못한다.

어리석은 자들은 보시를 칭찬하지 않는다.

슬기로운 이들은 보시를 기뻐한다.

그리고 저 세상에서 행복해진다. 177게송

어리석은 자가 베풀기는 어렵다.

온누리 최고의 왕권보다.

하늘나라에 나는 것보다.

전 세계의 통치권보다.

성인의 무리에 든 것이 최고이다. 178게송

제14 붓다품

buddhavagga

그의 승리는 되돌려지지 않고

이 세상에서 아무도 그 승리에 이르지 못하네.

경지가 무한하여 자취 없는 붓다를

그 무엇으로 이끌 것인가? 179게송

어딘가로 이끌

유혹, 집착, 갈애가 없다.

경지가 무한하여 자취 없는 붓다를

그 무엇으로 이끌 것인가? 180게송

자기를 이긴 오직 한 사람. 자취가 없는 이를 이끌 수 있는 사람은 없다. 싯다르타가 깨달아 붓다가 된 뒤 만난 첫 사람의 물음에 '나는 스승이 없이 깨달았다'고 하였다.

선정에 집중하고 슬기로워
욕망을 떠난 고요를 즐기는 이들
온 마음으로 생활하는
온전한 붓다를 신들도 부러워한다. 181게송

❖
신들이 부러워하는 것은 아주 당연한 일이다. 모르면 부러워하지 않고, 알면 부러워하기 마련이다. 부러워만 하는 존재도 있지만 따라가려 하는 이가 앞선 이다. 따라가서 같게 되려 하는 이는 언젠가 같게 된다.

사람으로 태어나기 어렵고,
사람의 목숨 받기도 어렵고,
올바른 가르침을 듣기도 어렵고,
온전히 깨달은 붓다의 출현도 어렵다. 182게송

❖
사람으로 태어나 살아가면서 부처님 법을 만났으니 이 아니 기쁜가? 열심히 닦아서 온전히 깨달아보자.

나쁜 것은 하나도 짓지 않고

좋은 것은 하나도 빼지 않으며

제 마음 깨끗이 하라는 것이

부처님들의 가르침이다. 183게송

부처님의 가르침이 아니다. 부처님들(諸佛)의 가르침이다. 누가 부처님들이 될 것인가? 누가 부처님들 가운데 한 부처님이 될 것인가? 이 글 보는 님이 바로 그 분이 될 것이다. 나쁘고, 좋은 것의 기준은 깨달음에 방해되느냐, 도움되느냐이다.

참음과 받아들임은 최고의 수행이며

열반이 최고라고 붓다는 말한다.

다른 이를 해하는 자는 수행자가 아니고

다른 이를 괴롭히는 자는 사문이 아니다. 184게송

해하지 않는 것은 말할 것도 없고 해함을 당해도 받아들이고 참는다.

욕하지 않고, 해치지 않으며,

계율에 따라 절제하며,

음식을 절제하며, 홀로 떨어져 살고,

사색에 전념하라는 것이

붓다들의 가르침이다. 185게송

맘에서 비롯한 말, 행동으로 해치지 않는 배려의 삶과 사색. 붓다는 듣고 보았거든 명상의 주제로 삼아 고요한 곳에 홀로 앉아 골똘히 사유(獨一靜處 專精思惟)하라고 했다.

쏟아지는 돈으로도
감각의 만족은 없다.
슬기로운 이는 감각의 만족은 조금 달콤할 뿐
괴롭다는 것을 깨달아 186게송

하늘의 쾌락에서조차
즐거움을 구하지 않는다.
온전히 깨달은 붓다의 제자는
갈애의 파괴를 기뻐한다. 187게송

뭇 삶들의 감각기관은 만족할 줄을 모른다. 보다 더 강한 자극을 받지 않으면 느끼지 못할 뿐더러 나쁘게, 괴롭게 느낀다.

두려움에 질린 사람들은

산, 숲, 공원, 나무.

탑들 같은 의지처를 찾는다. 188게송

이것이 참으로 안전한 의지처는 아니다.

이것이 가장 좋은 의지처는 아니다.

그런 의지처에 간다고 해서

모든 괴로움에서 벗어나는 것은 아니다. 189게송

누구든 붓다와 가르침과 스님들을

의지처로 삼는다면

네 가지 성스러운 진리를

슬기롭게 본다. 190게송

괴로움과 그 원인과

괴로움을 벗어남과

괴로움의 소멸에 이르는

성스러운 여덟 가지 바른 길을. 191게송

이것이 참으로 안전한 의지처이다.
이것이 가장 좋은 의지처이다.
그런 의지처에 간 뒤에는
모든 괴로움에서 벗어난다. 192게송

의지하지 않는 이, 스스로 선 이가 가장 바르게 선 이다.

높고 귀한 이는 만나기 어렵고
그 분은 아무데서나 태어나지 않는다.
그 슬기로운 분이 태어나는 곳마다
그 가문은 행복하게 번영한다. 193게송

슬기로운 이가 태어나는 곳은 좋다. 노력의 결과 값이라는 표현이다.
운명이나 가림(選擇)이라는 표현이 아니다.

붓다가 이 세상에 오심은 행복이고

참된 가르침을 설하심도 행복이고

스님들의 화합도 행복이고

화목한 이들의 수행도 행복이다. 194게송

❖

쉽지 않으므로 강조한 것이다. 진리를 추구한다는 사람들은 참으로 어렵다. 과정에 있기에 그렇다.

부처님과 제자들

공경할 만한 분을 공경하는 사람

희론(戱論)을 떠나 슬픔과 한탄 너머로 가신, 195게송

평화롭고 두려움 없는 그런 분들

공경하는 사람의 공덕은

그 누구라도 얼마 만큼이라고

헤아릴 수 없다. 196게송

❖

헤아릴 수 없는 공덕의 숲에 오신 그대를 축하합니다.

제15 행복품

sukhavagga

미움을 가진 자들 가운데에서도 미움 없이
참으로 행복하게 사네.
미움을 가진 자들 가운데에서도
미움 없이 사네. 197게송

괴로움을 가진 자들 가운데서도 괴로움 없이
참으로 행복하게 사네.
괴로움을 가진 자들 가운데서도
괴로움 없이 사네. 198게송

욕심 가진 자들 가운데서도 욕심 없이
참으로 행복하게 사네.
욕심을 가진 자들 가운데서도
욕심 없이 사네. 199게송

가진 것 아무것도 없는 우리
참으로 행복하게 사네.
아밧사라(光陰天)의 신들처럼
기쁨 먹고 사네. 200게송

미움, 괴로움, 욕심 없이 살아가네. 가진 것 없이 기쁨으로 살아가네.

이긴 자는 미움을 일으키고

진 자는 괴로워하며 잔다.

이기고 지는 것을 버려

평온한 이는 편안하게 잔다. 201게송

이기려 하지 마라. 사회생활 이야기가 아니다. 수행자의 삶 이야기다.

욕심과 같은 불길은 없고

미움과 같은 죄악은 없다.

이 몸과 같은 괴로움은 없고

고요보다 나은 행복은 없다. 202게송

이 몸을 가졌다는 것, 곧 태어났다는 것은 괴로움의 시작부터 끝을 가지고 있다는 것이다. 괴로움은 내가 커지고, 왕성해졌으면 하는 마음이다. 나는 정신과 육체로 이루어졌다.

굶주림은 가장 큰 질병이고

이 몸은 가장 큰 괴로움이다.

이것을 제대로 아는

열반은 가장 큰 행복이다. 203게송

몸이 없음. 괴로움의 시작이 없음. 그것이 바로 열반이다.

건강은 가장 큰 이익이고

만족은 가장 큰 재물이다.

믿음은 가장 가까운 친척이며

열반은 가장 큰 행복이다. 204게송

열반의 길로 간다는 믿음이 있어야 가게 된다.

한적한 맛과
고요한 맛을 보고
진리의 기쁨을 음미하면서
두려움과 악에서 벗어난다. 205게송

가는 길을 벗어나게 하는 것은 두려움과 가지 않음이다.

거룩한 분을 보고 지내는 것은
늘 좋고 즐겁다.
어리석은 자들을 만나지 않으면
언제나 행복하다. 206게송

어리석은 자와 함께 가는 사람은

오랫동안 괴로워한다.

어리석은 자와 사귀면

적과 함께처럼 늘 괴롭다.

슬기로운 이와 사귀면

친척들과 함께처럼 늘 즐겁다. 207게송

견실하고, 슬기롭고, 많이 배우고,

참을성 있고, 책임감 있으며, 거룩한

그런 참되고 슬기로운 사람을 따르라.

마치 달이 별들의 길을 따르듯이. 208게송

수행의 길에서는 앞으로만, 위로만 가야 하므로 나보다 나은 이를 만나야 한다

셋,

바르게 가는 길에서

제16 아낌품(piyavagga)

제17 성냄품(kodhavagga)

제18 더러움품(malavagga)

제19 바름에 선품(dhammaṭṭhavagga)

제20 길품(maggavagga)

제21 이런저런품(pakiṇṇakavagga)

제16 아낌품

piyavagga

애쓰지 않아도 될 것에 애쓰고
애써야 할 것에 애쓰지 않으며
값있는 것을 버리고 아끼는 것을 좇는 자는
스스로에게 애쓰는 이를 부러워한다. 209계송

아끼는 이들도, 싫어하는 이들도
언제나 만나지 마라.
아끼는 이들은 만나지 못해
싫어하는 이들은 만나서 괴롭다. 210계송

그러므로 아끼는 것을 만들지 마라.
아끼는 것과 떠남은 참 나쁘다
아끼는 것도 싫어하는 것도 없는 이들에게
얽매임은 없다. 211계송

아끼는 것에서 슬픔이 생기고

아끼는 것에서 무서움이 생긴다.

아낌에서 벗어난 이에게는 슬픔이 없는데

어찌 무서움이 있겠는가. 212게송

아끼고 사랑하는 것은 인류 박애와 같은 것이 아니라 집착하는 것이다.

가까이함에서 슬픔이 생기고

가까이함에서 무서움이 생긴다.

가까이함에서 벗어난 이에게는 슬픔이 없는데

어찌 무서움이 있겠는가. 213게송

즐김에서 슬픔이 생기고

즐김에서 무서움이 생긴다.

즐김에서 벗어난 이는 슬픔이 없는데

어찌 무서움이 있겠는가. 214게송

욕망에서 슬픔이 생기고

욕망에서 무서움이 생긴다.

욕망에서 벗어난 이에게 슬픔이 없는데

어찌 무서움이 있겠는가. 215게송

갈애에서 슬픔이 생기고

갈애에서 무서움이 생긴다.

갈애에서 벗어난 이에게 슬픔이 없는데

어찌 무서움이 있겠는가. 216 게송

가까이함, 즐김, 욕망, 갈애를 벗어나면 시원하다. 고요하다.

계행과 통찰력을 갖추고

법에 의거해 진리를 말하며

스스로 할 일을 하는 이를

사람들은 아낀다. 217게송

존중하고 존경한다는 말이다. 한글에도 여러 뜻이 있음을 느끼게 한다.

말해지지 않은 것에

애쓰는 마음이 그득하여

감각 쾌락에 묶이지 않는 이는

흐름을 거슬러 올라가는 이라 불린다. 218게송

윤회의 흐름을 거슬러 올라간다.

쾌락에 빠지지 않으면

오랫동안 집을 떠나있던 사람이

멀리서 안전하게 돌아오면

가족 친지와 벗들이

반가이 맞아준다. 219게송

마찬가지로 공덕을 쌓은 이가

이승에서 저승으로 가면

공덕들이 그를 맞이한다.

친척들이 아끼는 이를 맞이하듯이. 220게.

❖

공덕만이 삶의 길벗이다.

제17 성냄품

kodhavagga

화냄을 버리고, 으스댐을 버리고
모든 묶임에서 벗어나라.
이름과 형상에 붙들리지 않으며
아무것도 가지지 않은 이에게 괴로움은 따르지 않는다. 221게송

엇나가는 마차를 추스르듯
치미는 화를 다스릴 수 있는 사람
그를 마부라 부른다.
다른 이는 고삐잡이일 뿐이고. 222게송

부드러움으로 화냄을 이겨라.
좋음으로 나쁨을 이겨라.
베풂으로 인색한 자를 이겨라.
참말로 거짓말을 이겨라. 223게송

참을 말하라.
화내지 마라.
달라하면 조금이라도 베풀어라.
이 셋에 따라 하늘에 갈 것이다. 224게송

화나지 않을 때까지 화 내지 말라. 다만, 살펴보라.

해치지 않고
몸을 다스리는 성자들은
죽음이 없는 자리에 이르고서
슬퍼하지 않는다. 225게송

몸 살핌도 아주 중요한 공부, 수행이다.

늘 깨어있고
밤낮으로 공부하고
열반을 새기는 이들의
번뇌는 사라진다. 226게송

열반은 변해가는 것이 아니다. 뚝 떨어져 있는 것이다.

예부터 있던 것이지

오늘만의 일은 아니다, 아툴라여.

가만히 있어도 뭐라 하고

말을 많이 해도 야단치며

알맞게 말해도 꾸짖는다.

세상에서 야단맞지 않는 사람은 없다. 227게송

비난만 받는 사람도

칭찬만 받는 사람도

옛날에도 없었고

미래에도 없을 것이며, 지금도 없다. 228게송

❖

칭찬을 기뻐할 일도, 비난을 슬퍼할 일도 아니다. 열반하지 않았음을 아쉬워해야 한다.

슬기로운 이들은
늘 살피고 나서
행동에 흠이 없고, 슬기롭고,
지혜와 계행을 갖춘 사람을 칭찬한다. 229게송

잠부 강에서 나는 금으로 만든 금화 같은 그를
그 누가 비난하랴?
신들도 그를 칭찬하고
브라흐마도 그를 칭찬한다. 230게송

잠부는 한국에서 '섬부주' 또는 '남섬부주'라고 부르는 '우리 사는 세상'이라는 뜻이며. 이 글에서는 인도를 말한다.

몸으로 화냄을 다스려라.

몸을 다스려라.

몸으로 나쁜 짓을 하지 말고

몸으로 좋은 짓을 하라. 231게송

입으로 성냄을 다스려라.

입을 다스려라.

입으로 나쁜 말을 하지 말고

입으로 좋은 말을 하라. 232게송

마음으로 성냄을 다스려라.

마음을 다스려라.

마음으로 나쁜 생각 하지 말고

마음으로 좋은 생각 하라. 233게송

슬기로운 사람들은 몸을 다스린다.

입을 다스리고

마음을 다스린 슬기로운 사람들

그들은 참으로 잘 다스린다. 234게송

맘, 입, 몸 다스리기가 닦음의 전부이다.

제 18

더러움품

malavagga

이제 시든 잎과 같네.
게다가 염라왕의 사람들도 기다리고.
떠남의 문턱에 서 있는데도
노잣돈마저 없다. 235게송

스스로를 피난섬으로 만들어라.
서둘러 정진하여 슬기로운 이 되어라.
더러움이 스러지고 흠이 사라지면
신성하고 성스러운 곳에 갈 것이다. 236게송

이제 숨이 턱에 차 있다.
염라왕 가까이에 이르렀다.
머물 곳도 없는데다가
노잣돈마저 없다. 237게송

스스로를 피난섬으로 만들어라.

서둘러 정진하여 슬기로운 이 되어라.

더러움이 스러지고 흠이 사라지면

다시는 태어나 늙지 않으리라. 238게송

❖

자등명, 법등명의 원말이 피난섬이다. 여름 우기에 한 번에 쏟아지는 엄청난 양의 비가 마을을 바다처럼 만들어서 잘못하면 모두 죽는데, 산꼭대기로 미리 피신한 사람은 안전하다. 윤회 바다에서 열반이 피난섬이다. 열반한 이가 피난섬(dipa, 洲)이다.

슬기로운 이는

조금씩 조금씩 때때로

더러움을 벗겨버려야 한다.

대장장이가 은의 더러움을 벗겨내듯. 239게송

❖

한꺼번에 몰록 깨끗해지는 것과 조금씩 조금씩 벗기는 것은 목표 지점이 같다.

쇠에서 생긴 더러움이
그것을 삼키듯이
필수품 사용 규칙을 어긴 행위가
비참한 내생으로 이끈다. 240게송

작은 것에서 큰 것이 이루어진다. 나쁜 것도 마찬가지다.

읽지 않음은 경전의 더러움이요.
살피지 않음은 집안의 더러움이며
게으름은 얼굴의 더러움이요,
게으름은 지키는 이의 더러움이다. 241게송

나쁜 행실은 여인의 더러움이고
아낌은 베푸는 이의 더러움이며
나쁜 짓들은 참으로
이승과 저승의 더러움이다. 242게송

더러움들보다 더한 더러움

가장 더러운 것은 어리석음이다.

더러움을 버리고

더러움에서 벗어나라, 수행자여. 243게송

부끄럼 없이 잘 사는

까마귀처럼

무례하고 건방지고

더러운 삶은 살기 쉽다. 244게송

알지 못하면 더럽고, 알면 깨끗하다.

부끄러워할 줄 알고
깨끗함을 늘 좇아가고
성실하고, 겸손하며, 맑게 살고
통찰하는 삶은 살기 어렵다. 245게송

살아있는 목숨을 죽이고
거짓말하고, 주지 않은 것을 가지고
남의 아내에게 가고, 246게송

술과 취하게 하는 것에
빠지는 사람은
여기 바로 이승에서
스스로를 뿌리째 뽑는다. 247게송

이와 같이 알라, 이 사람아
'바르지 못한 것은 다스리지 못한 것'이라고.
탐욕과 바르지 못함으로
오랫동안 괴롭게 시달리게 하지 말라. 248게송

알지 못해서 바르지 못하게 된다. 바르지 못한 것은 알지 못했다는 뜻이다.

사람들은 믿음에 따라 보시한다.

남이 마시고 먹을 것 기꺼워하지 않는 자는

낮에도 밤에도

삼매에 들지 못한다. 249게송

이것이 뽑히고, 뿌리째 없애버리고

모두 다 없앤 이는

낮에도 밤에도

삼매에 든다. 250게송

바르게 아는 이는 나의 것이 없다는 것을 알기에 나눈다.

탐욕과 같은 불길은 없고

미움과 같이 붙잡는 자는 없다.

어리석음과 같은 그물은 없으며,

갈애와 같은 강은 없다. 251게송

❖

갈애는 윤회의 강이다.

남의 허물은 쉽게 보이지만

제 허물은 잘 보지 못한다.

남의 허물은 겨 까불 듯하지만

제 허물은 덮어버린다.

교활한 노름꾼이 나쁜 패를 감추듯. 252게송

남의 허물을 보고

늘 새기는 이의

번뇌는 늘어만 간다.

번뇌의 없어짐과는 멀어만 간다. 253게송

가장 어리석은 자가 남의 잘못을 살핀다. 가장 슬기로운 이가 제 잘못을 살핀다.

허공에는 발자국이 없고

바깥에는 수행자가 없다.

사람들은 말장난을 즐기지만

여래는 말장난을 벗어났다. 254게송

허공에는 발자국이 없고
바깥에는 수행자가 없다.
이뤄진 것이 쭉 이어지는 것은 없다.
깨달은 이에게는 흔들림이 없다. 255게송

깨달은 이는 쭉 이어지는 것이 없다는 것을 알아서 굳세다.
붓다의 가르침 안에 수행자가 있다.

제19 바름에 선품

dhammaṭṭhavagga

일을 빨리 이끈다고
바름에 선 사람은 아니다.
옳고 그름 두 가지 모두 살피는 사람은
슬기롭다. 256게송

성급하지 않으며,
바르고 공정하게 사람들을 이끌고
바름을 지키면서 슬기로운 이가
바름에 선 사람이라 불린다. 257게송

신중하고 바른 사람, 그는 곧 슬기로운 사람이다.

많은 말을 한다고 해서
슬기로운 사람은 아니다.
평온하고 미움이 없고, 무서움이 없는 사람
그는 슬기로운 사람이라 불린다. 258게송

많은 말을 한다고 해서
바름에 선 사람은 아니다.
들은 것이 적더라도 듣고 손수 깨달아서
바름에 게을리 하지 않는 이
그야말로 바름에 선 사람이다. 259게송

말을 해야 가르치는 것이 아니다. 슬기로운 사람을 슬기로운 이가 보는 것으로도 배움이 있고, 깨달음을 얻게 된다.

머리카락이 세었다고 해서
어른 스님이 아니다.
나이만 먹었다면
헛되이 늙은 사람이라 불린다. 260게송

진실하고, 바르며
비폭력과 다스림과 절제력이 있으며
더러움을 버린 굳건한 사람이
참 어른 스님이라고 불린다. 261게송

계랍, 법랍으로 부처와 중생을 가른 것은 아니다.

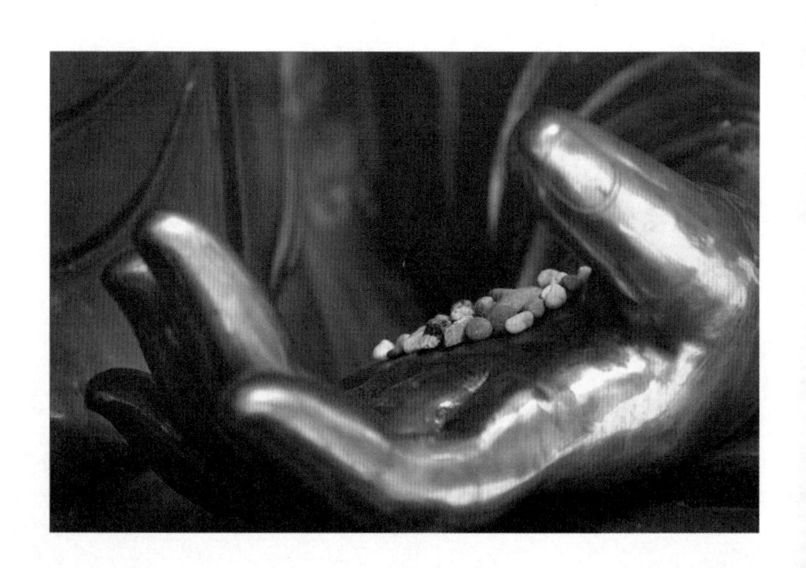

질투하고, 탐욕스럽고
교활한 사람이
말만 잘하거나 얼굴이 잘생겼다고
훌륭한 사람이 되는 것은 아니다. 262게송

이것이 뿌리 뽑히고
뿌리부터 부서져 모두 스러진 이
슬기롭고 미움을 버린 사람이
훌륭한 사람이라 불린다. 263게송

미움을 버린 사람이 훌륭하다. 내가 없으니 너, 나 차별도 없다.

거짓말하고 규범을 어기는 사람이

깎았다고 해서 수행자는 아니다.

욕망 탐욕에 빠진 자가

어찌 수행자이랴? 264게송

크고 작은 나쁜 것들을

모두 가라앉힌 사람은

나쁜 것들을 가라앉혔기 때문에

수행자라고 불린다. 265게송

윤회로 끌어당기는 것들을 좋아하는 것이 나쁜 것이다.

남들에게 얻어먹는다 하여
스님(比丘)이 되는 것은 아니다.
법(dhamma)을 다 갖추고 난 뒤에야
스님이라 하는 것이지…
아니다. 266게송

이승에서 선도, 악도 막아내고
깨끗한 삶을 세상에서
사는 이가
스님이라고 불린다. 267게송

법을 갖추고 깨끗한 삶을 사는 이가 수행자, 스님이다.

어리석고 모르는 자가

말없이 있다고 성자가 되는 것은 아니다.

저울로 가장 좋은 것을

고르고. 268 게송

나쁜 것을 가까이하지 않는 슬기로운 이

그가 그 때문에 성자이다.

이승에서 둘 다 아는 이는

그 때문에 성자라고 불린다. 269게송

살아있는 목숨을 해치는 사람은

성자가 아니다.

살아있는 목숨을 해치지 않으므로

성자라고 불린다. 270게송

말을 하든. 하지 않든 슬기로운 이, 해치지 않는 이가 성스런 이다.

계행, 지킬 것 지킴,

많이 배움,

삼매를 얻음,

멀리 떨어져 잠듦, 271게송

벗어남의 기쁨을 얻었다 하여

자만하면 안 된다.

비구여!

번뇌가 다 없어지기까지는. 272게송

죽을 때까지 살아있는 것이다, 존재의 욕구가. 그것을 버려야 다 얻은 것이다.

제20 길품

maggavagga

길에서 바른 여덟 길(八正道)이 가장 낫고
말씀에서 네 성스런 진리(四聖諦)가 가장 낫고
모습에서 탐욕 없앤 것이 가장 낫고
두 발들에서 눈 있는 이가 가장 낫다. 273게송

팔정도를 실천하는 이들이 수행자, 스님이다.

이것만이 길이다.

다른 길은 없다, 깨끗하게 보는 길은.

그대들은 이 길을 따르라.

악마는 헛갈릴 것이다. 274게송

그 길에 들어서면

그대들은 괴로움의 끝에 이를 것이다.

화살 없애기를 내가 알고

내가 그 길을 보여주었다. 275게송

열반이라는 과위에 이르는 그 길만이 바른 길이다.

그대들은 열심히 정진해야 한다.

여래는 가르치는 이다.

들어서 명상하는 사람들은

악마의 묶임에서 벗어날 것이다. 276게송

부처님의 가르침을 듣고 새기는 사람은 이루게 되어있다.

'이뤄진 것은 모두 다 스러진다'고
슬기롭게 살펴보면
괴로움에 싫증이 나게 된다.
이것이 깨끗해지는 길이다. 277게송

'이뤄진 것은 모두 다 괴롭다'고
슬기롭게 살펴보면
괴로움에 싫증이 나게 된다.
이것이 깨끗해지는 길이다. 278게송

'모든 것은 실체가 없다'고
슬기롭게 보면
괴로움에 싫증이 나게 된다.
이것이 깨끗해지는 길이다. 279게송

이뤄진 것은 스러지고(無常), 괴롭고(苦), 실체가 없다(無我).

노력할 때 노력하지 않고
젊고 힘 있을 때 게으르고
마음에 의지와 활기가 없고
무기력하고 게으른 사람은
슬기로운 길을 찾지 못한다. 280게송

마음을 다스려 말을 살피고
몸으로 나쁜 짓 하지 않는
세 가지를 깨끗하게 하면
성스러운 길을 가리라. 281게송

닦아야 슬기가 늘어나고
닦지 않으면 슬기로움이 줄어드네.
늘어나고 줄어드는 두 길을 알아
슬기가 늘어나도록 스스로를 세워야 한다. 282게송

해야 할 때에 하는 것이 가장 좋다. 지금이 그때이다.

나무만이 아니라 숲을 베어라.
두려움은 숲에서 생기나니
숲과 덤불을 베고
숲을 벗어난 이가 되어라. 283게송

비록 작더라도 이성을 바라는
욕망의 나무가 완전히 베어지지 않으면
젖먹이 어린 소가 어미를 떠나지 않듯
그처럼 얽매이게 된다. 284게송

가장 자극적인 것이 바로 이성에 관한 관심이라고 붓다는 말한다.

가을 연꽃을 꺾어버리듯
스스로에 대한 애착을 꺾어라.
잘 가신 분께서 말씀하신 열반
그 평온의 길을 닦아라. 285게송

잘 가신 분(善逝)은 번뇌와 번뇌 덩어리인 태어날 몸을 받지 않는다.

'나는 여기서 우기를 지낼 것이다
여기서 겨울도, 여름도 지낼 것이다'고
어리석은 자는 생각할 뿐,
위험이 올 것을 짐작도 하지 못한다. 286게송

공부, 수행이야말로 바삐 해야 할 일이다.

자녀와 가축에

집착하는 사람을

잠든 마을을 큰물이 휩쓸어가듯

죽음이 끌어간다. 287게송

아들도 지켜낼 수 없고.

부모와 친척들도 지켜줄 수 없다.

죽음이 닥친 이는

친지 그 누구도 지켜낼 수 없다. 288게송

이 사실을 잘 아는

슬기로운 사람은

계율을 잘 지키고

열반으로 가는 길을 서둘러 닦아야 한다. 289게송

제 21 이런저런품

pakiṇṇakavagga

작은 행복을 버림으로써
큰 행복을 얻게 된다면
큰 행복을 위해 작은 행복을 버리는 이가
슬기로운 이다. 290게송

제 행복을 위해
남의 행복을 밟는 자는
미움의 사슬에 묶여
미움에서 벗어나지 못한다. 291게송

해야 할 일은 하지 않고
말아야 할 일을 하는
오만하고 게으른 자에게는
번뇌만 늘어날 뿐이다. 292게송

몸을 잘 살피면서

말아야 할 일은 하지 않고,

해야 할 일을 하며,

제대로 온 마음인 사람에게

번뇌는 사라진다. 293게송

마음의 활동인 생각이 쪼개지지 않고, 집중된 것을 온 마음(sati, 念)이라 한다.

갈애와 자만과
단견과 상견을 없애고.
지각의 대상을 없애버린
바라문은 흔들림 없이 간다. 294게송

갈애와 자만과
단견과 상견을 없애고
다섯 걸림돌을 없애버린
바라문은 흔들림 없이 간다. 295게송

단견(斷見)과 상견(常見)은 방향이 다른 같은 개념이다. 존재의 시간에 관한 오해.

붓다의 제자들은 늘 깨어
밤낮 언제나 초롱초롱하게
부처님다움을 주제로
마음껏 집중한다. 296게송

붓다의 제자들은 늘 깨어
밤낮 언제나 초롱초롱하게
가르침다움을 주제로
마음껏 집중한다. 297게송

붓다의 제자들은 늘 깨어
밤낮 언제나 초롱초롱하게
스님다움을 주제로
마음껏 집중한다. 298게송

붓다의 제자들은 늘 깨어
밤낮 언제나 초롱초롱하게
몸다움을 주제로
마음껏 집중한다. 299게송

붓다의 제자들은 늘 깨어
밤낮 언제나 초롱초롱하게
해칠 맘 없음을 주제로
마음껏 집중한다. 300게송

붓다의 제자들은 늘 깨어
밤낮 언제나 초롱초롱하게
마음 공부를 주제로
마음껏 집중한다. 301게송

수행자의 힘든 삶 받아들이기 괴롭고
재가자의 어려운 삶 괴로우며
뜻이 맞지 않는 사람과 살기도 괴롭고
윤회하는 삶도 괴로우니
윤회하는 자가 되지도 말고
괴로움이 따르는 자도 되지 말라. 302게송

❖

수행자의 삶을 사실적으로 잘 표현한 말씀이다.

믿음이 있고 잘 지키며
명예롭고 부유한 사람은
어디를 가드라도
받들어진다. 303게송

좋은 사람은 히말라야처럼
멀리서도 잘 보이고
나쁜 사람은 밤에 쏜살처럼
가까이서도 보이지 않는다. 304게송

나쁜 사람이 잘 보여야 피하기도 쉬운데, 현실은 그렇지 않다.

홀로 지내고 홀로 누우며

홀로 닦고

홀로 다스리는 이는

숲속에 홀로 있음도 즐긴다. 305게송

홀로 있음을 즐겨서 잘 닦아야 함께 있음도 할 수 있다.

넷,

수행자(비구, 바라문)의 길에서

제22 지옥품(niryavagga)

제23 코끼리품(nāgavagga)

제24 갈애품(taṇhāvagga)

제25 비구품(bhikkhuvagga)

제26 바라문품(brāhmaṇavagga)

제22 지옥품

niryavagga

헐뜯는 자, 해놓고 하지 않았다 하는 자

모두 나쁜 곳에 태어난다.

나쁜 짓 저지른 둘 다

다음 세상에서 같이 된다. 306게송

헐뜯는 자는 자기를 사랑할 줄 모르는 자다. 거짓말을 쉽게 하는 이의 인격은 존중받지 못한다.

수행하는 척하며.

갖은 나쁜 짓을 저지르고.

제 몸과 맘 하나 간수하지 못하는 자는

그 나쁜 짓으로 나쁜 곳에 태어난다. 307게송

계율도 지키지 않고

자기 절제도 하지 못하면서

탁발 음식을 먹는 것은

달군 쇳덩이를 삼키는 것보다 못하다. 308게송

가장 나은 스펙과 콘텐츠는 지킴이다. 지킴은 배려에서 나온다.

방탕하여 남의 사랑을 범하면
게으른 자는 네 가지 불행이 따른다.
악덕 쌓임, 잠 못 이룸,
비난당함, 나쁜 곳에 태어남이다. 309게송

악덕이 쌓여 나쁜 곳에 태어나니
두려운 애정의 즐거움은 짧고
무거운 형벌이 따르니
남의 사랑을 범하지 말라. 310게송

자기 사랑을 지키는 이가 가장 나은 이다. 이 경우는 자기 것도 없다는 말에 해당하지 않는다. 독신 수행할 때는 예외이다.

갈대 잎을 잘못 잡으면

손을 베이듯

출가자도 잘못하면

나쁜 곳에 태어난다. 311게송

게으른 삶을 살고

바르지 않은 행위를 하며

미심쩍은 수행을 하면

열매가 맺히지 않는다. 312게송

할 일을 미루지 말고 바로 하며

온 힘을 다해서 해야지

게을러 머뭇대는 수행자에게

먼지처럼 번뇌만 일어난다. 313게송

❖

게으르지 않고 부지런한 것이 가장 나은 길로 이끈다.

나쁜 일은 하지 말라

나중에 괴로움을 부르나니.

좋은 일은 어서 하라

나중에 즐거움을 부르나니. 314게송

국경의 성을 안팎으로 지키듯

그렇게 자신을 잘 지키라.

잠시도 게을리 삶을 낭비하지 말라.

나쁜 곳에 태어나 슬퍼하리라. 315게송

부처님들의 가르침이 모두 같다. 나쁜 일은 하나도 하지 말고, 좋은 일은 하나도 빼지 말라는 것이다. 자기 맘을 밝히는 것은 비단 옷에 꽃까지 단 것이다.

부끄럽지 않은 것을 부끄러워하고
부끄러운 것을 부끄러워하지 않는
그릇된 견해를 지닌 자들은
그릇된 견해를 지녔기에 나쁜 곳에 태어난다. 316게송

두려하지 않을 것은 두려워하고
두려워해야 할 것은 두려워하지 않는
그릇된 견해를 지닌 자들은
그릇된 견해를 지녔기에 나쁜 곳에 태어난다. 317게송

잘못이 아닌 것을 잘못이라 하고
잘못인 것을 잘못이 아니라 하는
그릇된 견해를 지닌 자들은
그릇된 견해를 지녔기에 나쁜 곳에 태어난다. 318게송

잘못을 잘못이라 하고

잘못이 아닌 것은 잘못이 아니라 아는

바른 견해를 지닌 이들은

바른 견해를 지녔기에 좋은 곳에 태어난다. 319게송

개념 파악과 바른 견해는 가장 중요한 수행이다. 팔정도의 처음이 바른 견해 갖기(正見)인 것은 그 까닭이다.

제23
코끼리품

nāgavagga

전쟁터의 코끼리가
쏜 화살을 받아내듯이
나는 욕설을 받아낸다,
많은 이들의 성품이 좋지 않으니. 320게송

길들여진 놈을 데리고 가며
왕은 잘 길든 코끼리를 탄다.
비난의 화살을 잘 받아내는 이가
사람 가운데 제일이다. 321게송

길들여진 노새도
인더스 태생의 좋은 말도
상아 큰 코끼리도 훌륭하지만
스스로를 잘 길들인 사람이 가장 훌륭하다. 322게송

그런 탈 것을 탄다고 해도

가보지 못한 곳(涅槃)으로 갈 수 없다.

잘 다스린 이만이 다스려진 자신을 통해

가보지 못한 곳으로 갈 수 있다. 323게송

아무리 많이 싣고 간들 열반으로 가는 자신만 하겠는가?

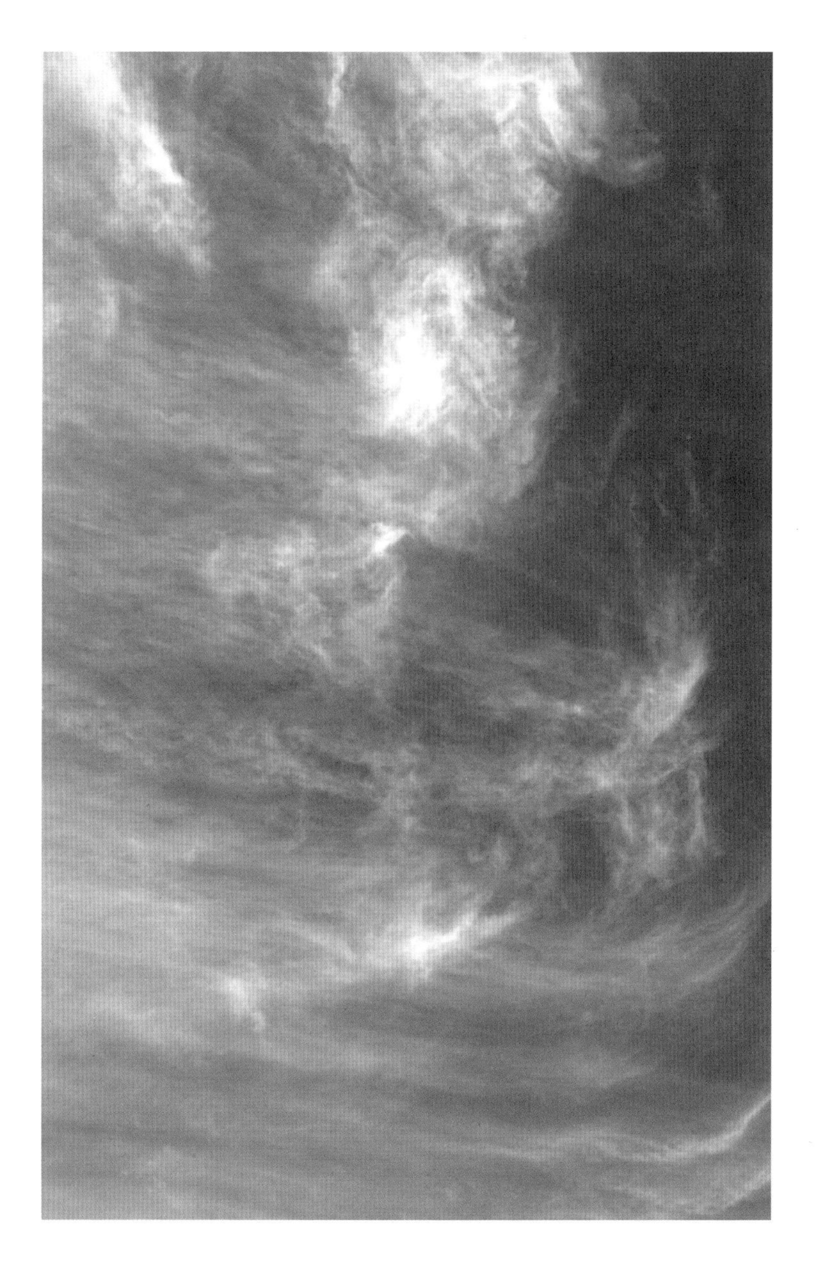

관자놀이에서 진물이 나오면
길들이기 아주 어려운 재물지킴코끼리는
묶여있으면 한 입도 먹지 않고
코끼리 숲만을 그리워한다. 324게송

멍청하게 먹기만 하는 돼지처럼
이리 뒹굴 저리 뒹굴 잠만 자는
어리석은 자는
자꾸 태에 들어간다. 325게송

태에 들지 않아야 진짜다. 다시 태어나지 않아야 진짜다.

지난날에 마음이 끌리는 대로
좋아하는 곳으로 신나게 돌아다녔으나
이제는 슬기롭게 마음 다잡으리.
조련사가 사나운 코끼리 다잡듯이. 326게송

부지런함을 즐겨하는 이가 되라.
제 마음을 잘 지켜서
좋지 않은 길에서 끄집어내라.
진흙 수렁에서 나오는 코끼리처럼. 327게송

앞의 게송은 대상인 코끼리. 이 게송은 주체인 코끼리다. 주체가 되자.

생각이 깊고 함께할 만하며

슬기로운 벗을 만난다면

함께 어려움들을 이겨내며

기쁜 마음으로 그와 함께 가라. 328게송

진정한 벗은 스승이며, 스승의 스승인 붓다이다.

생각이 깊고 함께할 만하며

슬기로운 벗을 만나지 못한다면

정복한 왕국도 버리는 왕

코끼리 숲 코끼리처럼 홀로 가라. 329게송

어리석은 자들과 함께하느니

홀로 살아가는 것이 더 낫다.

걱정 없이 나쁜 짓 하지 말고

코끼리 숲 코끼리처럼 홀로 가라. 330게송

따라가지 않아도 충분히 갈 수 있고, 다른 이와 다른 것을 나를 수도 있다.

필요할 때 벗이 있으면 행복이요
있는 것에 만족하면 행복이고
목숨을 마칠 때 공덕이 행복이며
괴로움을 다 없애면 행복이다. 331게송

어머니를 섬길 수 있으면 행복이요
아버지를 섬길 수 있으면 행복이고
수행자됨 섬길 수 있으면 행복이며
바라문됨 섬길 수 있으면 행복이다. 332게송

늙도록 계율 지킴이 행복이요
흔들림 없는 믿음이 행복이고
슬기롭게 됨이 행복이며
나쁜 짓을 하지 않으면 행복이다. 333게송

지속이 가능한 행복을 추구하는 것이 삶의 목적이요, 수단이다.

제24 갈애품

tanghāvagga

게으른 마음으로 사는 사람
갈애가 말루와덩굴 자라듯
열매 찾는 숲속 원숭이처럼
이승에서 저승으로 쏘다닌다. 334게송

끔찍이 달라붙는 갈애에 빠진 사람
온갖 슬픔이 자라나네.
비 맞은 비라나풀 자라나듯. 335게송

물을 마셔야 목마름이 사라진다. 청량음료가 비록 잠깐은 더 시원해도 목마름을 바탕부터 없애지는 못한다. 삶의 목마름은 갈애가 원인이다.

끔찍이 달라붙는 갈애를 떼 낸 사람

온갖 슬픔이 떨어지네.

연 잎 위 물방울이 굴러 내리듯. 336게송

없애버리는 것이 아니라 내게 묻지 않게 한다.

여기 모인 그대들 모두 평안하길
우시라향 얻기 위해 비라나풀 뽑아들듯
갈애의 뿌리를 뽑아내라.
홍수가 갈대를 꺾어버리듯
악마가 그대를 또 꺾지 못하게 하라. 337게송

뿌리를 다치지 않고, 튼튼하면
베어내도 다시 자라는 나무처럼
갈애 성향 뿌리째 뽑지 않으면
괴로움은 계속해서 일어난다. 338게송

괴로움의 뿌리는 법을 아는 슬기에 의해 뽑아낸다.

좋아하는 것으로만 달려가는
서른여섯 갈애 강한
바보는
욕망의 센 흐름에 쓸려간다. 339게송

몰라서 딸려 가고, 몰라서 떨어져 내린다.

물줄기가 사방으로 흘러가면
덩굴이 싹터서 자리 잡네.
넝쿨을 보자마자 그대들은
슬기로써 뿌리째로 잘라내라. 340게송

슬기를 기르는 것이 가장 빠르고 확실한 방법이다.
말, 입, 몸으로 대상에게 가지는 욕심이 서른여섯 개.

대상에게 빠져드는 사람은

애착에 빠져 탐닉하게 된다.

좋은 것에 빠져 쾌락에 붙들리니

태어나서 늙음을 반드시 겪게 된다. 341게송

대상 자체가 아니라 빠져듦이 윤회의 원인이다.

갈애에 싸인 뭇 삶들은

덫에 걸린 토끼처럼 날뛴다.

올가미에 묶여

오래도록 괴로움을 겪는다. 342게송

갈애에 얽매이면

덫에 걸린 토끼처럼 날뛰게 되나니

제 안의 욕망에서 벗어나려는 수행자는

갈애를 없애야 한다. 343게송

덫에 걸린 토끼가 되지 않으려거든 갈애를 지니지 않아야 한다.

숲을 버리고
숲에서 벗어난 사람이
숲으로 다시 가는 것을 보라.
벗어난 사람이 또 묶이는 것을. 344게송

참으로 애석한 일이 벗어나려 하다가 다시 묶이는 것이다.

쇠, 나무, 삼으로 만든 올가미는
오히려 강하지 않지만
보물에 대한 욕심,
자녀와 아내에 관한 애착이
더욱 강한 올가미다. 345게송

스스로 묶는 올가미가 가장 강한 올가미다.

'느슨해도 벗어나기 어려운 이것이야말로
강한 족쇄'라고 아는 슬기로운 이는
끊어버리고 세상을 벗어난다,
바람도 감각 쾌락도 버리고. 346게송

크고 센 것이 더 쉬운 것이다. 작고 약한 것이 더 어려운 것이다.

자신이 쳐 놓은 줄에 들어가는 거미처럼
욕망에 빠진 자들은 흐름에 들어간다.
슬기로운 이들은 바라지 않고
나쁜 짓 하지 않고, 뚫고 나간다. 347게송

거미는 제 길을 가는 것이다.

지나버린 과거도 버리고,

오지 않은 미래도 잡지 않고,

현재에 대한 집착도 버려

존재의 언덕을 넘어서,

걸림 없는 생각을 지니면

다시는 나고 늙음 겪지 않으리. 348게송

시간과 함께 흐르는 존재는 덧없다는 것을 알면 벗어난다.

삿된 생각에다 애욕이 넘쳐

대상을 매혹적이라 하는 자는

갈애가 더욱 자라나

자신을 더 옭아맨다. 349게송

대상을 바라보고 아는 지혜를 길러야 한다.

의심이 잦아듦을 기뻐하고.
집중하여 부정관을 닦는 이는
갈애를 없애고
악마의 사슬을 끊어낸다. 350게송

아름다워 보이는 것의 덧없음을 알아야 한다.

두려움이 없고 갈애가 없으며
번뇌에서 벗어나 과녁(涅槃)에 이른 이는
존재의 화살을 없애버렸으니
이 삶이 마지막이다. 351게송

열반이라는 과녁은 지속 가능한 행복의 본집이다.

갈애와 집착이 없고
언어와 문자의 근원과 활용을 잘 알며
그 몸이 마지막인 사람은
큰 지혜를 지닌 성인이다. 352게송

언어와 문자는 개념파악을 통해 성스런 흐름에 이르게 한다.

모든 것을 이겨내고,
일체를 깨달았고,
어떤 것도 집착하지 않고,
모든 것을 포기하여,
갈애를 없애고 벗어나서,
스스로 바른 깨달음을 얻었는데
그 누구를 스승이라 하겠는가. 353게송

스승이 있으면 더 쉽고 바르다. 스승이 없이 깨달은 사람도 있다. 붓다라는 스승을 만났으니 더 살필 것이 없다.

어떤 나눔보다 법 나눔이 훌륭하고,

어떤 맛보다 법의 맛이 훌륭하며,

어떤 기쁨보다 법의 기쁨이 훌륭하고,

갈애를 없애면 괴로움을 다 이긴다. 354게송

현상 속에서 법칙을 찾아내는 법이 가장 즐거운 법이다.

재물은 어리석은 자는 부수지만

피안을 구하는 이는 부수지 못한다.

어리석은 자는 재물에 관한 갈애 때문에

남을 부수고, 자기도 부순다. 355게송

피안을 구하는 이에게 재물은 방해물이 되지 않는다.

잡초가 밭을 망치듯
탐욕이 사람을 망친다.
탐욕 없는 이에게 보시하면
이로움이 아주 크다. 356게송

잡초가 밭을 망치듯
성냄이 사람을 망친다.
성냄 없는 이에게 보시하면
이로움이 아주 크다. 357게송

잡초가 밭을 망치듯
어리석음이 사람을 망친다.
어리석음 없는 이에게 보시하면
이로움이 아주 크다. 358게송

잡초가 밭을 망치듯
갈애가 사람을 망친다.
갈애 없는 이에게 보시하면
이로움이 아주 크다. 359게송

탐내고, 성내며, 어리석은 이가 애착이 많다. 벗어나기 어렵다. 탐냄도, 성냄도, 어리석음도, 애착도 없는 이에게 보시하면 이롭다.

제25 비구품

bhikkhuvagga

눈을 지키는 것이 좋고
귀를 지키는 것이 좋으며
코를 지키는 것이 좋고
혀를 지키는 것이 좋다. 360게송

몸을 지키는 것이 좋고
입을 지키는 것이 좋으며
마음을 지키는 것이 좋고
감각의 문들을 지키는 것이 좋다.
감각의 문을 잘 지키는 비구는
괴로움에서 다 벗어난다. 361게송

손발과 입을 지키고
수행하는 기쁨을 찾으며
고요히 홀로 있으며
만족함을 아는 사람
그런 이를 비구라고 부른다. 362게송

❖

감각과 지각의 문을 잘 지키고, 홀로 지내며, 닦는 기쁨을 지닌 이가 수행하는 이다.

입을 지켜서

차분하고 슬기롭게 말하며

경전과 그 의미를 바르게 설명하는

비구의 설법은 감로수처럼 달콤하다. 363게송

가르침에 머물고, 가르침을 기뻐하며

가르침을 명상하고, 마음에 늘 새기는

수행자는

참 가르침(善法)과 멀어지지 않는다. 364게송

제대로 된 비구는 닦고 가르치는 기쁨을 알고 기쁨을 준다.

자기가 얻은 것을 가벼이 말고
남이 얻은 것을 부러워 말라.
남이 얻은 것이 부러운 수행자는
마음을 고요히 하지 못한다. 365게송

조금밖에 얻지 못해도
얻은 것을 가벼이 하지 않으며
부지런히 맑게 사는 수행자를
천신들도 찬탄한다. 366게송

운동처럼, 게임처럼, 예술처럼 스스로 얻은 것이 제 것이다. 옆 사람과 수행한 것을 비교하지 말아야 한다.

몸과 마음의 작용에 관해

나라거나 내 것이라 생각하지 않고

사라져도 슬퍼하지 않는 이

그를 참된 수행자라 한다. 367게송

몸과 맘은 나의 모든 것이다. 그것이 사라져도 슬퍼하지 않는 이, 그는 참 수행자다.

붓다의 가르침을 믿고 따르며
자비관을 닦는 수행자는
지어감(行)이 없어져서
행복하고 평화롭다. 368게송

어리석은 마음의 움직임, 의도가 없어진 수행자는 행복하다.

배 안에 고인 물을 퍼내면
빠르게 건너편에 닿는다.
그와 같이 탐욕과 성냄 잘라버린 수행자는
열반한다. 369게송

제 안의 고인 물처럼 탐냄과 성냄을 생각하라. 나르듯 배가 미끄러질 것이다.

다섯 가지 잘라내고, 다섯 가지 없애고

다섯 가지 기르고

다섯 묶임 벗은 이는

거센 물결 벗어난 이다. 370게송

오하분결: 유신견, 계금취견, 의심, 감각 욕망, 악의

오상분결: 색계집착, 무색계집착, 자만, 들뜸, 후회

오근: 믿음(信), 노력(精進), 온마음(念), 안정(定), 슬기(慧)

오결: 탐욕, 성냄, 어리석음, 자만, 사견

부지런히 힘써 수행하며

욕망에 빠지지 않게 하라.

게을러서 달궈진 쇠구슬을 삼키고서

뜨거움을 맛본 뒤에

괴롭다고 울지 말라. 371게송

욕망에 빠지지 않게 부지런히 수행하면 괴로울 일 없다.

슬기롭지 않으면 삼매 얻지 못하고

삼매 얻지 못하면 슬기롭지 않으니

삼매 슬기 함께 갖추면

열반은 반드시 가깝다. 372게송

삼매 속에 법을 관하는 슬기 지니면 열반한다.

한적하고 조용한 곳에서
마음을 고요히 하고
바르게 가르침을 살피는 이
범부를 뛰어넘는 기쁨이 솟으리라. 373게송

오취온(五取蘊)이 일어나고 사라짐을
제대로 볼 때
기쁨과 즐거움이 솟으리니
이것이 깨달음 열반이다. 374게송

감각기관을 다스리고
얻은 것에 만족하고
계목을 잘 지키는 것이
슬기로운 수행자의 시작이다. 375게송

마음 다해 반기고

바르게 행동하면

기쁨이 가득하여

괴로움을 끝내리라. 376게송

쟈스민 덩굴이

시든 꽃을 떨구듯이

수행자여

탐욕 성냄 떨구어라. 377게송

선운사 동백꽃처럼 탐욕 성냄을 툭 떨궈라.

오취온 : 나(몸과 정신활동 = 느낌, 연상, 의도, 식별)

맘, 입, 몸 잘 지켜 고요히 하고
욕망들을 다 뱉어버린
수행자를
평화로운 사람이라 부른다. 378게송

제 스스로 꾸짖고
제 스스로 살펴라.
제 스스로 지키고 온 마음인
수행자는 행복하다. 379게송

마음이 이리저리 쪼개지지 않은 것을 온 마음(sati)이라 한다.

자기만이 자기의 지킬 곳
자기만이 자기의 의지처.
말장수가 좋은 말을 지키듯이
그와 같이 자기를 잘 지켜라. 380게송

부처님의 가르침을 신뢰하여
기쁨으로 가득한 수행자는
지어감이 스러진 행복, 평화,
열반을 꼭 얻는다. 381게송

지어감: 행(行, sankhāra)

나이 비록 어려도

붓다의 가르침을 힘껏 닦는 수행자는

이 세상을 비추리라.

구름 벗은 달님처럼. 382게송

제26 바라문품

brāhmaṇavagga

갈애의 흐름을 힘써 끊고

감각 욕망 내버려라, 바라문아!

지어감을 없애는 길 잘 알아서

지어지지 않음(涅槃)을 깨달은 이 되어보라. 383게송

어리석은 마음이 움직이지 않으면 열반한다.

두 법을 제대로 안 바라문은

모든 묶임에서 벗어난다. 384게송

두 법: samatha(止), vipassana(觀)
부처님은 사마타로 삼매를 계발하고, 위빳사나로 현상 속 법칙을 보았다. 그 뒤에도 숨살핌(數息, anapanasati)을 계속했다.

이 언덕(根)도 저 언덕(境)도

모두 함께 사라져서

걱정 없고 자유로운 사람

그가 바로 바라문. 385게송

이 언덕은 자신의 인지 기관. 저 언덕은 인지 대상을 말한다. 즉, 나와 대상이다.

조용하고 욕심마저 없으면서

홀로 앉아 할 일까지 마치고서

번뇌마저 벗겨내고 가장 높은 목표 이룬

그가 바로 바라문. 386게송

브라만교에서 쓰는 브라만(바라문)의 개념을 받아들여 재해석했다. 바라문 가운데 가장 나은 바라문이 부처님이라 해석한 것이다.

해는 낮에 빛이 나고 달은 밤에 빛이 나며

무사는 무장해서 빛이 나고

바라문은 참선할 때 빛이 나며

부처님은 밤낮으로 찬란하게 빛이 난다. 387게송

바라문은 수행자를 말한다. 브라만교의 바라문은 사제 계급일 뿐이다.

나쁜 짓을 버렸기에 바라문이고
조용함을 닦으므로 사문이라 불려지고
더러움을 떨쳤기에
출가자라 불러준다. 388게송

❖

바라문, 사문, 출가자 모두 같은 뜻으로 쓴 것이다. 그저 머리 깎았으니 스님이라고 부르지 않는다는 것이다.

바라문을 때려서는 아니 되고
성내서도 아니 된다.
바라문을 때리는 것 부끄럽고
성냄은 더 부끄럽다. 389게송

❖

때리는 것은 일반인이나 이교도의 행위, 성내는 것은 수행자의 행위, 둘 다 그러면 안 된다는 말이다.

괴롭히지 않는 것은 훌륭하고.

괴롭힘을 당하고도 화내지 않으면

더더욱 훌륭해

해치는 맘 열어지면 괴로움도 사라진다. 390게송

몸, 맘, 입으로

나쁜 짓 하지 않고

세 가지를 다스리는

그가 바로 바라문. 391게송

부처님의 가르침을

누구에게 배웠다면

그 사람을 온 마음으로 받들어라.

바라문이 불 섬기듯. 392게송

핏줄이나 땋은 머리 신분따라

바라문이 되지 않고

진리와 가르침이 있는 맑디맑은

그가 바로 바라문. 393게송

땋은 머리 무엇이며
사슴 가죽 무슨 소용
마음속은 정글인데
겉만 닦아 무엇하랴. 394게송

누더기 가사 입고
몸 야위고 힘줄이 튕겨져도
홀로 숲속 참선하는
그가 바로 바라문. 395게송

모태에서 어머니께 태어나고, 생겼다고
바라문이 되지 않고
번뇌 벗지 못한 자는 그저 그 사람일 뿐이다.
집착 없고 가짐 없는
그가 바로 바라문. 396게송

출신이 그를 나타내는 것이 아니라 맘, 입, 몸으로 하는 행위가 그를 나타낸다.

얽매임을 모두 잘라
두려움에 떨지 않고
집착에서 벗어나서
자유로운
그가 바로 바라문. 397게송

가죽 띠와 끈과 밧줄, 굴레
함께 잘라내고
빗장 들어올린 사람
깨달은 분
그가 바로 바라문. 398게송

욕설 매질 당하여도
밧줄 묶여 괴롭혀도
성냄 없이 참아내는
참을성이 장군인 이
그가 바로 바라문. 399게송

성냄 없이 할 일 하고
계율 지켜 욕망 벗고
이번 몸이 마지막인
그가 바로 바라문. 400게송

연잎 위의 물방울과
바늘 위의 겨자처럼
욕망들에 얽히지 않는
그가 바로 바라문. 401게송

지금 여기 괴로움을 끝내고서
무거운 짐 내려놓고
벗어난 이
그가 바로 바라문. 402게송

깊디깊은 슬기 지녀 현명하고
옳고 그른 길을 바로 알고
가장 높은 목표 이룬
그가 바로 바라문. 403게송

재가자도 출가자도
쓸데없이 섞이지 않고
집 떠나서 적은 것에 만족하는
그가 바로 바라문. 404게송

움직이나, 꼼짝 않나
모든 존재 때리지 않고
죽이거나 죽게 하지 않는
그가 바로 바라문. 405게송

미워해도 미워 않고.
몽둥이질 참아내며
집착 대상 풀어주는
그가 바로 바라문. 406게송

바늘 끝의 겨자처럼
탐냄, 성냄, 어리석음, 교만, 위선
떨어뜨린
그가 바로 바라문. 407게송

거칠지 않고
성나지 않게 가르치는
진실한 말 하는 사람
그가 바로 바라문. 408게송

길든 짧든, 크든 작든
좋든 나쁘든
주지 않은 것 갖지 않는
그가 바로 바라문. 409게송

이 세상과 다음 세상
아무것도 갈애 없고
집착 없고 자유로운
그가 바로 바라문. 410게송

슬기로써
의심에서 자유로워
죽음 없는 경지 이룬
그가 바로 바라문. 411게송

이 세상의 선과 악을 모두 버려
번뇌 벗고
슬픔 탐욕 벗어버린 맑디맑은
그가 바로 바라문. 412게송

더러움을 벗어나서 깨끗하고
동요 없고 고요하며
즐거움의 존재 없는
그가 바로 바라문. 413게송

험하고도 깊은 수렁 도돌이 삶(輪廻)
어리석음 건넌 사람
그 너머로 건너가신
욕심 의심 집착에서 벗어나서 평온하신
그가 바로 바라문. 414게송

이 세상의 감각 쾌락 다 버리고
집도 없이 수행하는

감각 쾌락 존재 욕구 벗어버린
그가 바로 바라문. 415게송

이 세상의 모든 갈애 떨쳐내고
집도 없이 수행하는
감각 쾌락 존재 욕구 벗어버린
그가 바로 바라문. 416게송

인간 천상 멍에들을 벗어내고.
모든 묶임 자유로운
그가 바로 바라문. 417게송

좋아함도, 싫어함도, 더러움도
물들지 않고, 조용하며
온누리를 정복한 승리자인
그가 바로 바라문. 418게송

뭇 삶들의 죽음과 다시 남을 알아내고
집착에서 벗어나고
잘 가시고 깨달으신
그가 바로 바라문. 419게송

하늘신도, 건달바도, 사람들도
그가 간 곳 알지 못해
번뇌 마쳐 공양 받아 마땅하신
그가 바로 바라문. 420게송

과거에도, 미래에도, 현재에도
아무것도 없는 사람
집착에서 벗어나신
그가 바로 바라문. 421게송

황소 같은 영웅, 성자, 이기신 분
욕망 벗은 깨끗한 분
깨달은 분
그가 바로 바라문. 422게송

전생을 알고, 천상과 지옥을 보며
태어남의 끝에까지 이른 성인
바르게 깨달아서 성스런 삶 완성하신
그가 바로 바라문. 423게송

이렇게 해서 바라문 아니 수행자 아니 수행해서 깨달은 이의 모든 삶을 드러내고 가르치는 말씀을 마친다.

꼬리말

담무빠다와 함께하는 담마빠다

Dhammapada with Dhammupada

《법구경》은 본래 이름이 《담마빠다(Dhammapada)》이다. 가르치는 말씀, 진리의 말씀 등의 뜻을 가졌다. 따로 '경'이라는 이름이 들어있지는 않다. '숫따(sutta)'라는 빠알리어도 경전이라는 독립된 책의 편제가 아니라 가르침 또는 말씀이라는 뜻이다. 말씀들이 길게 묶여서 책이 되므로 경전이라는 이름으로 가른 것이다. 그래서 누구나 쓰는 《법구경》이라는 제목 대신 《깨달음의 시》라는 이름을 붙여보았다.

'담마'는 사람의 인지 기관 가운데 느낌을 다루는 감각기관인 눈, 귀, 코, 혀, 몸을 뺀 정신작용 기관 즉 지각 기관인 마음(意, 心)의 지각 대상을 이르는 말이다. 중국에서는 법(法)으로 번역했다. 부처님의 가르침은 깨달음을 최고의 목표로

지향한다.

초기 불교 또는 테라와다(장로파)불교에서 깨달음은 윤회가 끝난 열반을 뜻한다. 다시 태어나지 않을 것이라는 것을 알고 정말로 태어나지 않은 것을 열반이라고 한다. 열반은 고요하며 지속 가능한 행복의 상태다. 적(寂) 또는 멸(滅)이라고 부르는 까닭이다. 윤회하는 더럽고 묶여있는 삶에서 떨어져 있다(出離). 벗어나 깨끗하고((解脫, 淸淨), 깨달아 아는 슬기로운 상태(覺, 知, 智)다. 부처님의 가르침은 오로지 깨닫는 방법에 관한 것이다. 발달불교 또는 대승불교에서는 혼자만의 깨달음 또는 행복 추구가 가지는 좁은 느낌을 벗어나 함께한다는 느낌으로 도와줌, 봉사, 가피(加被)의 뜻이 넓게 더해진다. 깨달음이라는 말 자체에 관한 설명만 해도 이렇게 다양한 각도에서 여러 설명이 가능하다. 가르침의 갈래도 다양해질 수밖에 없다.

부처님의 가르침에서는 몸과 마음의 안정을 취하는 방법을 통해 마음을 집중시킨다. 집중된 상태에서 사물이나 일,

마음의 현상을 관찰한다. 제대로 했을 때 그 속에 들어있는 법칙을 알아낼 수 있다. 알아낼 때 지혜가 생기고, 벗어나 깨끗하게 된다. 스스로가 태어나지 않게 되니 고요하고 괴로움이 없다. 지속 가능한 행복을 얻게 되는 것이다. 몸과 마음의 안정을 취하는 방법을 사마타(samatha, 止)라고 한다. 마음을 집중시킨 것, 집중된 것을 삼매(sammadhi: 三昧)라고 한다. 선정명상을 자나(jhana)라고 한다. 현상을 관찰하는 것을 위빳사나(vipassana: 觀)이라고 한다.

관찰을 통해 법칙을 알게 되니 슬기롭고 고요하며 자유로워진다. 슬기로움은 훈련이나 연습의 결과라고도 하고, 그 자체가 훈련과목이라고도 한다. 깨달음에 관하여 방법이나 준비사항, 과정이나 결과 그리고 이웃하는 상태와 홀로 하는 이, 함께하는 이 등에 관한 배경 이야기 속에서 말씀들이 시의 형태로 설해졌다는 것이 《담마빠다주석서》의 견해이다. 《담마빠다》에 나와 있는 423수의 시들이 모두 어떤 배경을 가진 대상에게 설해졌다고 한다.

부처님의 가르침을 따르는 불교도이거나 그저 참고삼아 말씀을 읽어보는 사람들 사이에 가장 인기가 있는 경전을 들라면 《법구경》일 것이다. 세계적으로 가장 많이 읽히고 가장 많이 번역된 것은 그 까닭이다. 우리나라에서도 여러 사람들이 번역했다. 과거에는 한문으로 된 것이나 일본어로 번역한 것, 영어 또는 독일어로 번역한 것을 다시 옮기곤 했다. 요사이는 인도 고어인 빠알리어를 직접 번역한 것들이 많이 나와 있다. 역자의 시각과 편의, 그리고 의도에 따라 직역한 것도 있고, 의역한 것도 있어서 공부하는 이에게 좋다. 전문가들의 시각이라 때론 어렵게 느껴지는 책도 있다. 우리말인데도 속뜻이 아니라 겉 뜻마저도 잘 다가오지 않는 듯한 느낌도 있다. 참 좋은 교재라 생각해서 불자들과 함께 《법구경》의 스토리를 중심하고 빠알리어와 교리와 수행법을 익히곤 했는데, 함께 읽어보니 더러 난해한 점이 있었다.

모자란 앎을 가지고 있지만 새 책을 낼 마음을 낸 까닭이다. 자세히 사유하는 수행을 통해 속뜻도 제대로 알아야겠지만,

한눈에 읽어보아도 무슨 말인지는 알겠다는 생각이 들게 하는 것이 이 책의 의도다.

《읽는 그대로 깨달음의 詩》라는 제목에 '법현 스님과 함께하는 법구경(Dhammapada with Dhammupada)'이라는 부제를 달아보았다. 법현(法顯)이라는 이름은 빠알리어로 담마우빠다(dhammaupada), 줄여서 담무빠다(dhammupada)라고 할 수 있다. '담무빠다와 함께하는 담마빠다'라고 해보니 이름 연결도 좋은 것 같다.

흔히 짧은 길이의 글이나 시(게송)들은 앞선 시기에 읊어지고, 지어졌다고들 한다. 반드시 그런 것은 아니다. 잘 무르익었을 때 짧은 시, 노래가 나오기도 한다. 유교에서도 시, 노래를 완성으로 본다.

전체 423게송을 담아내며 읽는 이들을 위해 편의상 네 묶음으로 나눠보았다. '하나, 아라한의 길에서'는 제1 쌍품에서 제7 아라한의 품까지 99게송을 묶었다. '둘, 붓다가 되는 길에서'는 제8 일천품에서 제15 행복품까지 109게송을 묶었다. '셋, 바르게 가는 길에서'는 제16 아낌품에서 제21 이런저런품까지 97게송을 묶었다. '넷, 수행자의 길에서'는 제22 지옥품에서 제26 바라문품까지 118게송을 묶었다. 순서대로 읽어도 좋고, 읽는 이가 읽고 싶은 부분부터 펼쳐 읽어도 그 안에서 마음을 물들이는 깨달음의 시가 다가올 것이다.

불기 2563년 부처님오신날
저잣거리 수행전법도량 열린선원에서
법현(法顯 Dhammupada) 두손 모음

법현 스님과 함께하는 법구경
Dhammapada with Dhammupada

읽는 그대로 깨달음의 詩

2019년 05월 12일 1판 1쇄 펴냄
2023년 07월 12일 1판 9쇄 펴냄

새긴이 법현 스님
펴낸이 김철종

펴낸곳 한언
출판등록 1983년 9월 30일 제1 - 128호
주소 110 - 310 서울시 종로구 삼일대로 453(경운동) 2층
전화번호 02)701 - 6911 팩스번호 02)701 - 4449
전자우편 haneon@haneon.com

ISBN 978-89-5596-871-2 04810
ISBN 978-89-5596-840-8 (세트)

* 책값은 뒤표지에 표시되어 있습니다.
* 잘못 만들어진 책은 구입하신 서점에서 바꾸어 드립니다.

이 도서의 국립중앙도서관 출판예정도서목록(CIP)은 서지정보유통지원시스템 홈페이지(http://seoji.nl.go.kr)와 국가자료공동목록시스템(http://www.nl.go.kr/kolisnet)에서 이용하실 수 있습니다.(CIP제어번호: CIP2019017007)